吾輩は作家の猫である

I Am an Author's Cat

高橋克彦 写真・文

Katsuhiko Takahashi

A&F

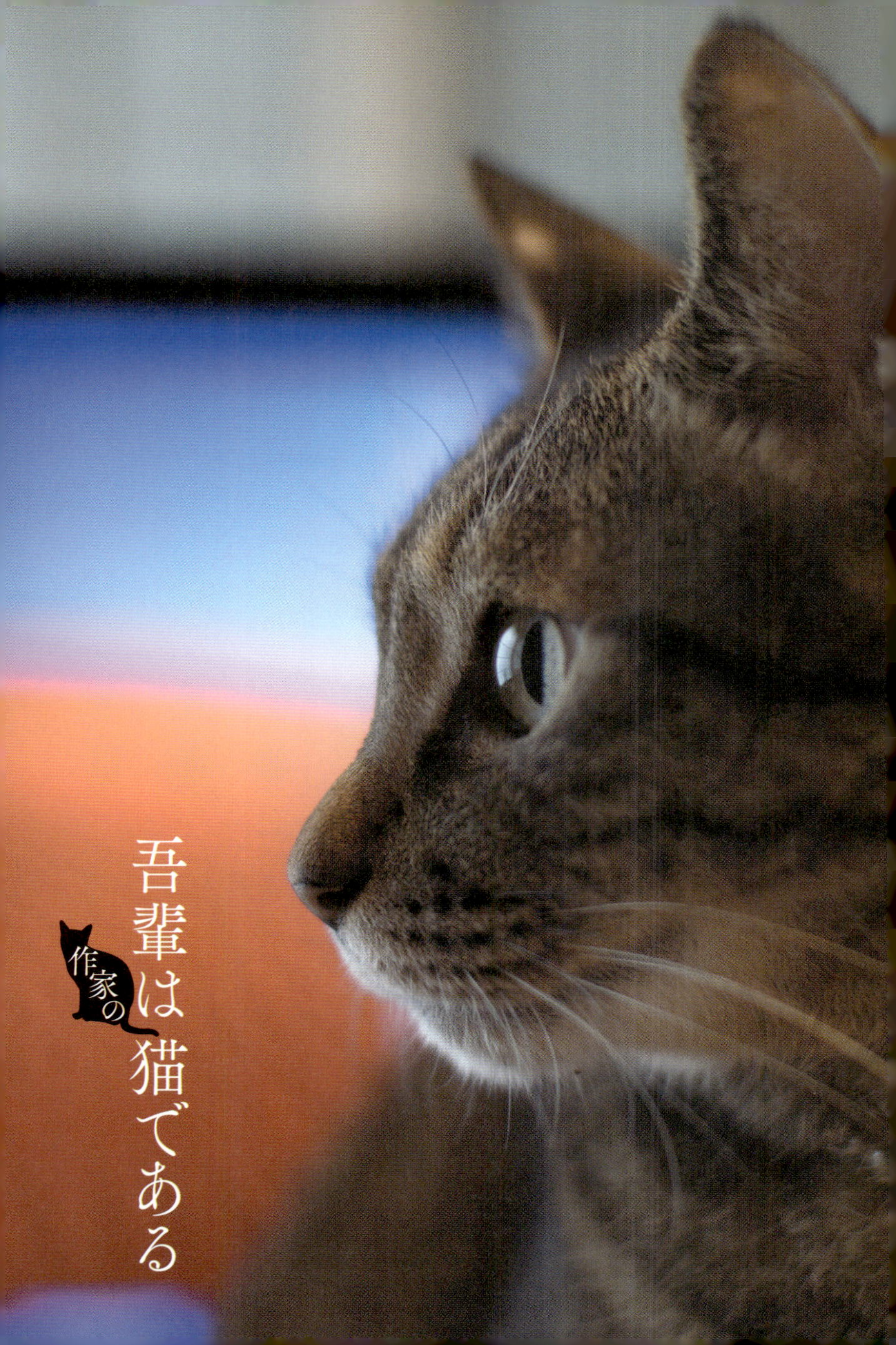
作家の
吾輩は猫である

はじめに

私の作家生活の大半をともに過ごしたホクサイ、フミ、タマゴは私にとってかけがえのない友であった。

ホクサイは仕事中の私が好きで、いつも膝に乗ってワープロのキーを叩く音を子守唄にしていた。

フミちゃんはかなりのやんちゃ娘で、野良猫の姿を窓から見掛けると、大した関心もないのに悩ましげな声を上げて誘う飾り窓のような猫だった。

ホクサイがそうだったように、私の膝の上に乗ったタマゴはカーソルの動きを眺め、キーボードを叩く音を子守唄にしてゴロゴロと喉を鳴らしていた。

私がカメラにのめり込んでいったのは、彼らを余すところなく写したいという思いからだった。猫たちの表情、毛の一本一本も忠実に再現したい。ホクサイのときはデジタルカメラの性能もたかだか二〇〇万画素程度で荒く、生きた証というには可哀相だった。

カメラ各社は競い合い、日に日に性能が向上するのに反比例してカメラ本体の価格が下落していく。はじめは百万円以上していたカメラが、今では二五〇〇万画素にもなって十万円そこそこで買える。そうなると、私の関心事は画素数よりレンズの性能に移っていった。私が購入したカメラは四十台、レンズに至っては二百本を優に超えている。

その間にホクサイを失い、フミを失った。私は唯一残された被写体であるタマゴに向けて、カメラやレンズの性能を試すのに多くの時間を費やしたものだ。それもこれも、最良最高の状態でタマゴの「生きた証」を残したかったからである。ということは私は、無意識のうちに、いずれはこの世を去るであろうタマゴへの惜別の思いに駆られて夢中になって撮影していたことになる。が、一万枚に及ぶタマゴの写真を見るのは、いまだに辛い。

本書は私が彼らの生きた証を残そうと撮り続けた写真のごく一部を載せた写真集である。また、作家になる前、猫好きの家内のために書いた猫の童話二作をはじめ、猫の恐怖小説、時代小説、さらに猫に関するエッセーを集めた一冊である。

二〇一四年にタマゴを失って、私は失意のどん底に突き落とされた。三匹分の喪失感が一気に押し寄せてきたのだ。

写真に写ったホクサイ、フミ、タマゴは今、じっと私を見つめている。

高橋克彦

吾輩は作家の猫である

目次

猫愛に満ちた高橋克彦の作品群。
右ページのポスターはホクサイ主演の「サナトリウムの秋」。「若虎仁義」「円盤のきた夜」はタマゴ歌手の EP 盤レコードジャケット。そして「強いタマゴ」と題したタマゴの絵。
左ページは「銀河のタマゴ」「麗人フミちゃん」の絵と、知人や担当編集者たちに配ったホクサイ２歳当時のテレホンカード。

装幀　芦澤泰偉
本文デザイン
児崎雅淑（芦澤泰偉事務所）

猫写

ホクサイ

Hokusai

♂／アビシニアン
1987～2001（享年14）

日本推理作家協会賞を受賞した
『北斎殺人事件』から命名

ホクサイや。
おまえと暮らした十四年が、
私の人生の中で
とても大切な日々だったことを
今しみじみと感じている。

ほぅそうかね、
ワシは眠いだけジャ

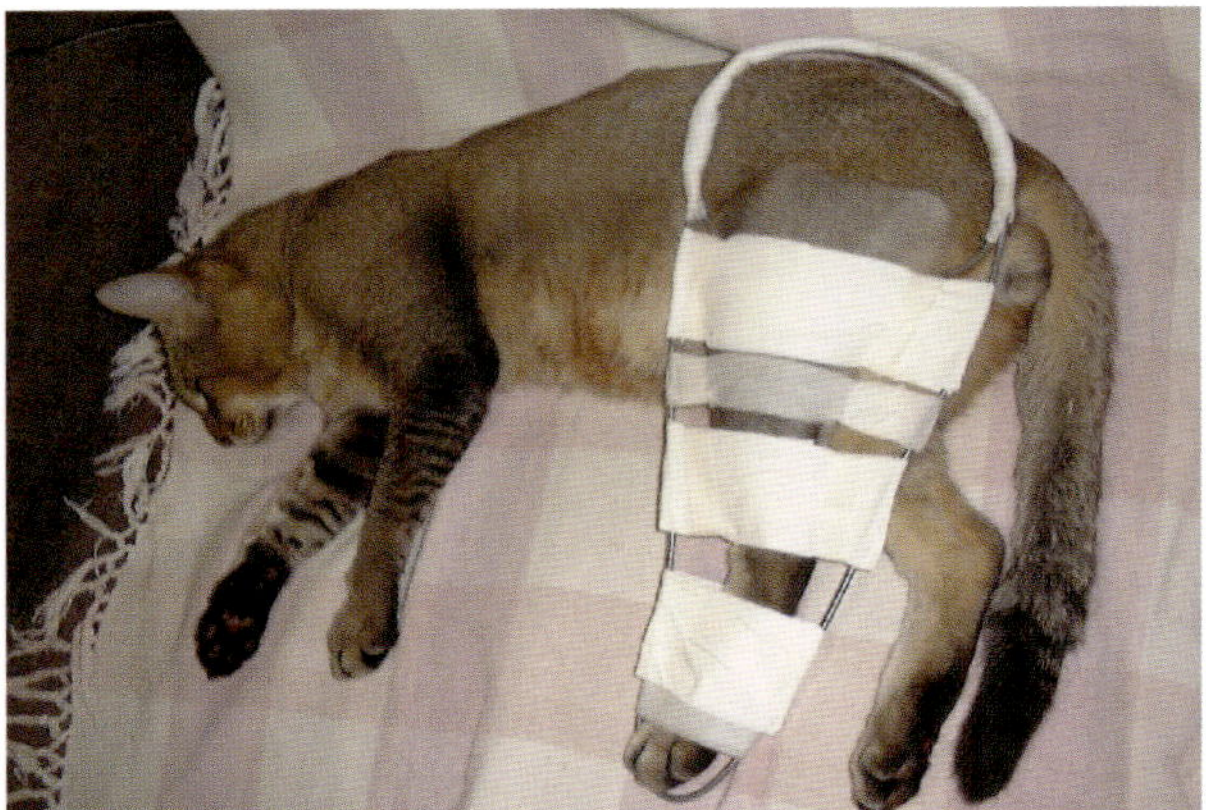

生傷が絶えないホクサイ、
骨身にしみたかね。

幸せって、
ささいな日常の中にあるんだニャ

013　ホクサイ

ムーぎゅうー

ホクサイ一家は
今日も安泰だニャ

ひょっとしてタマゴもオレの子？
似てるもん。

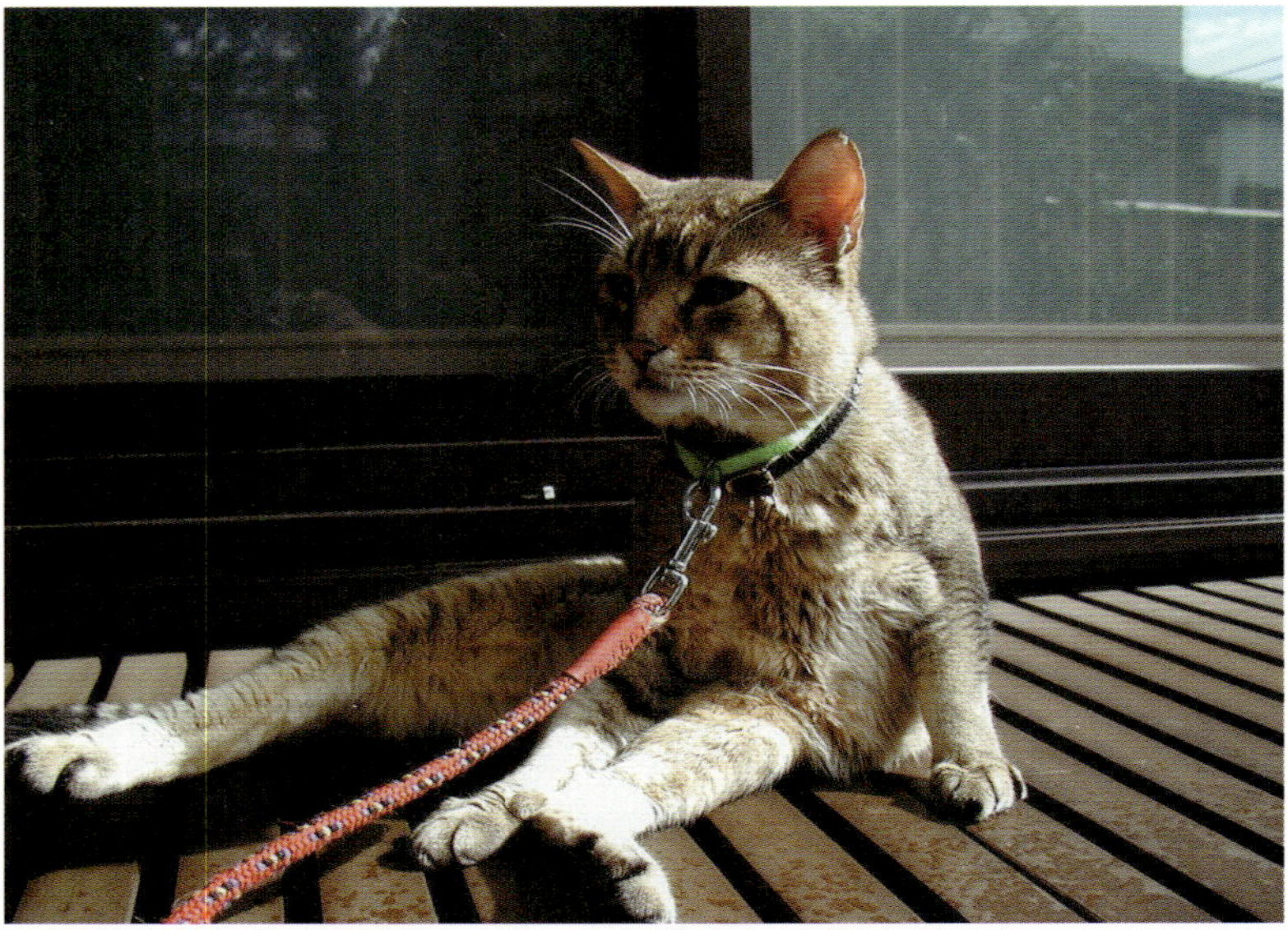

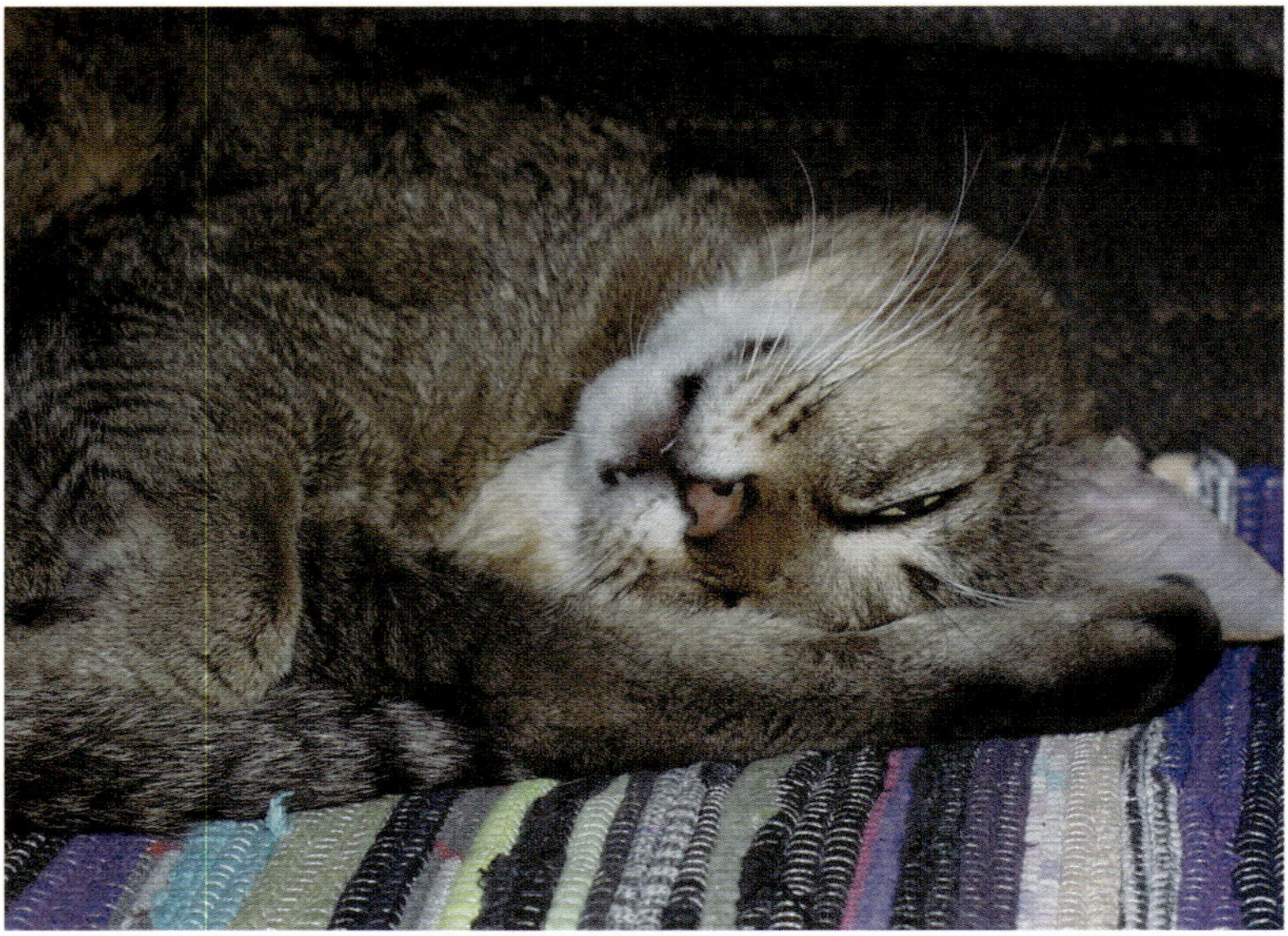

ご主人も若かったニャ。

ともに若く、ともに太ってしまった…。

なま首ーっ

順番待ち
はやくしてー！

どやっ！

025　ホクサイ

ご主人が作家デビュー当時からいっしょ
ここは吾輩の書斎だい

タマゴ

豪邸になったニャ
今や売れっ子作家だもんね

病にむしばまれたホクサイ
「ご主人を残して逝くのが心配だニャ～」

031　ホクサイ

フミ

Fumi

♀／ノラ
1989〜2008（享年19）
火宅の人ホクサイの隠し子か、
ホクサイが連れてくる

麗人フミがノラだったなんて、
だれも信じまい。

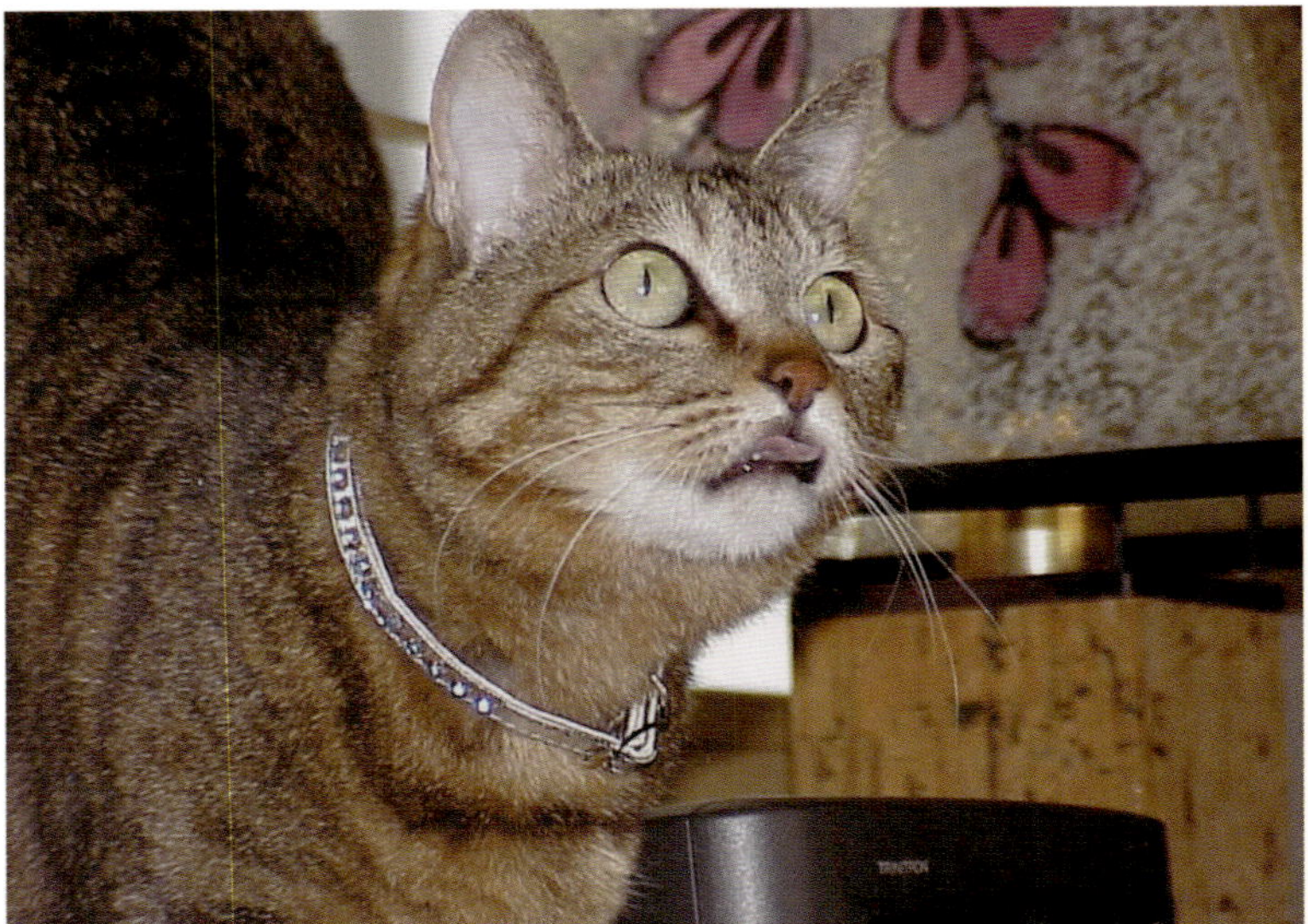

まっくろくろすけーっ

037　フミ

「この家《や》の主人は病気です」
タオルケットからのぞきこんで気遣うフミ

どう？　私美人でしょ？

チラッ
はやく撫でにきて

043　フミ

写真撮ってないで
仕事にとりかかりなさい！

飾り窓の女のようにノラを惹きつける

ぬっくぬくー
ポッカポカー

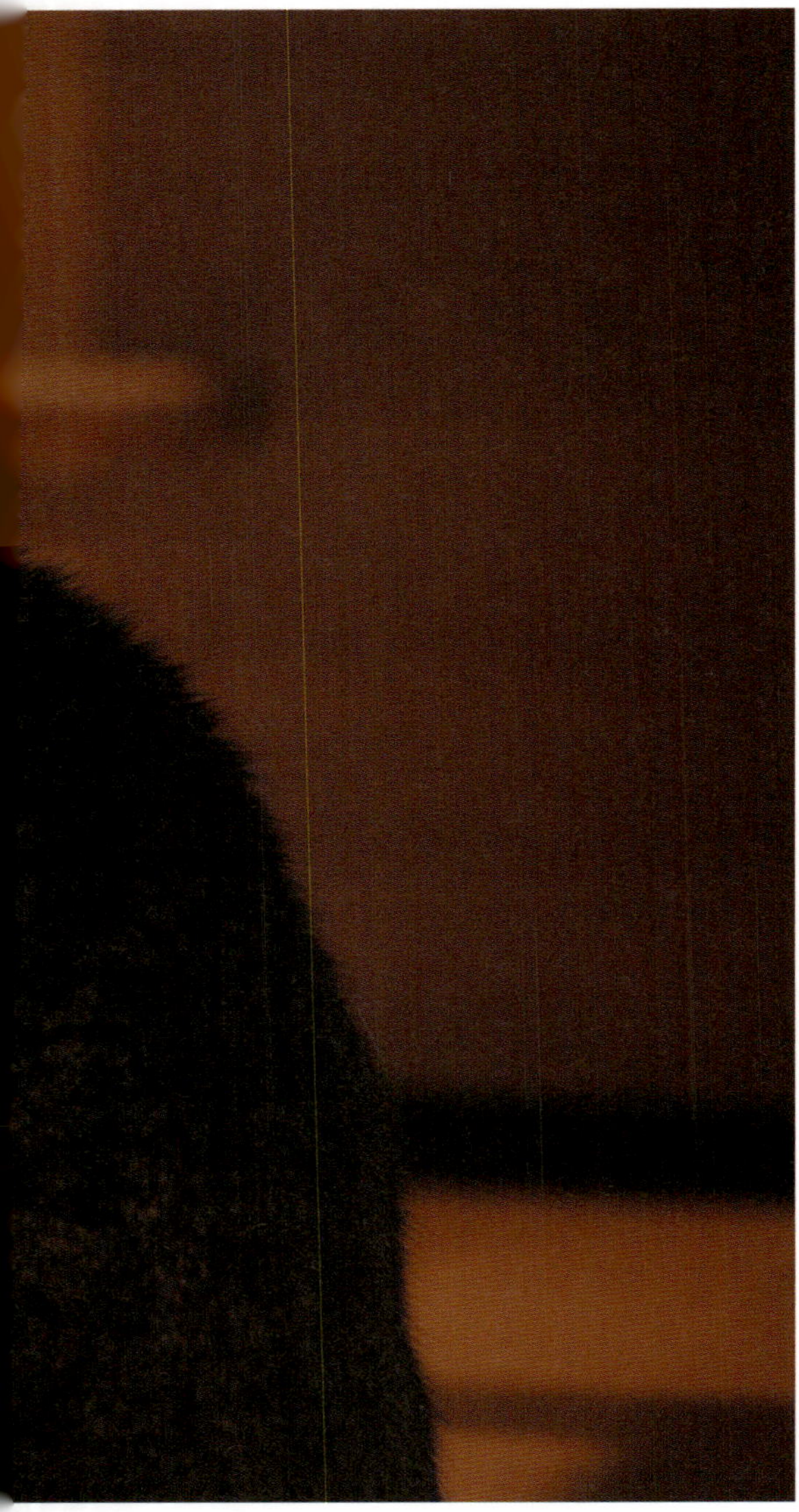

言葉が介在すると誤解が生じる。
ご主人とワタシに言葉はいらない。

051　フミ

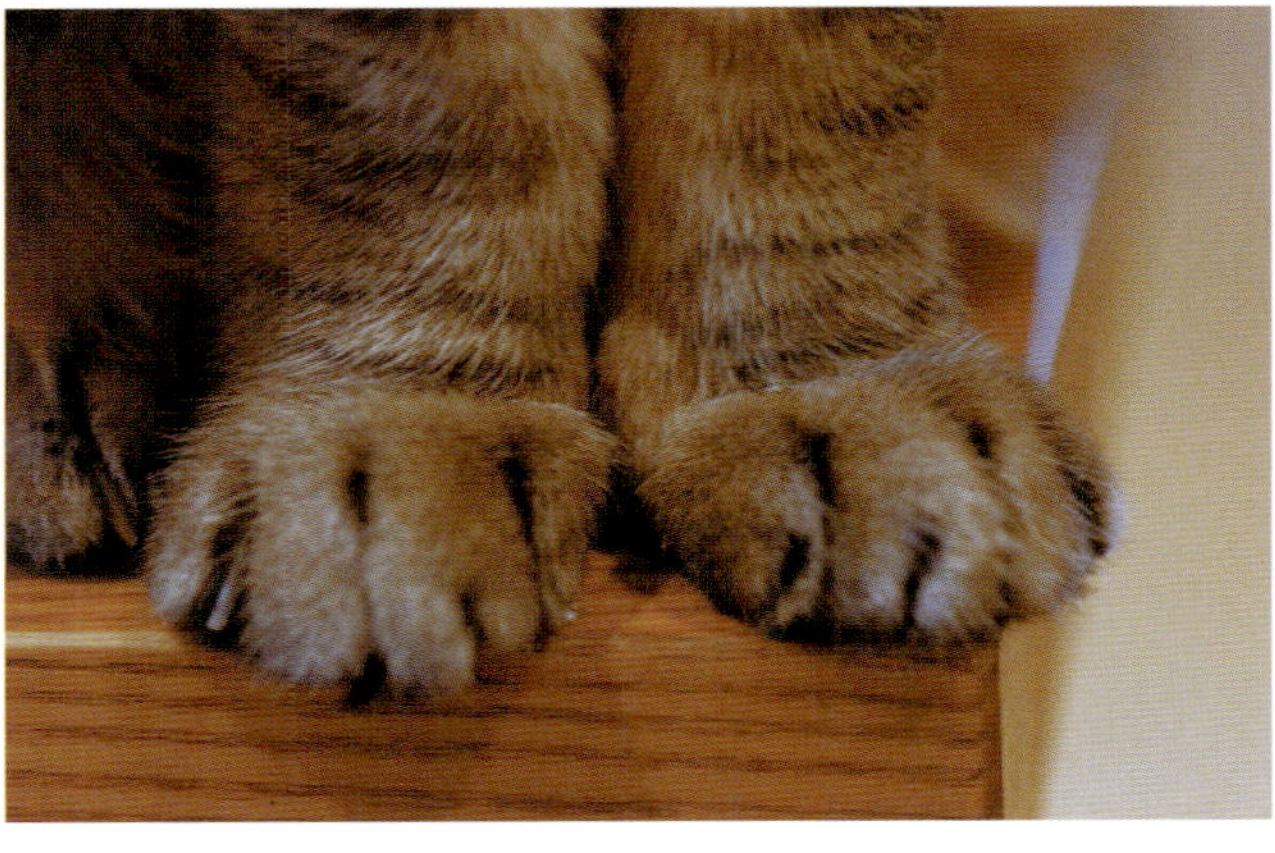

053　フミ

人間には見えない
この世にあらざるものが
フミには見えるのかしらん。

何か見える？

055　フミ

さようなら、フミちゃん。
天国でホクサイとピーコが待っているから
三人で仲良くしてくれ給え。
ありがとう。

タマゴはいつまでも
別れを惜しんでいた。

タマゴ

Tamago

♂／ノラ

1994～2014（享年19）

ホクサイのライバル・

流れ者シャーッの庇護下にあった子猫

ホクサイ兄さんの遺影をバックに

「これからはボクがご主人を支えるよ」

書斎は
ボクの遊び場

水恐怖症で
顔が洗えないのに
風呂が大好きなご主人は
やはり変人だニャン

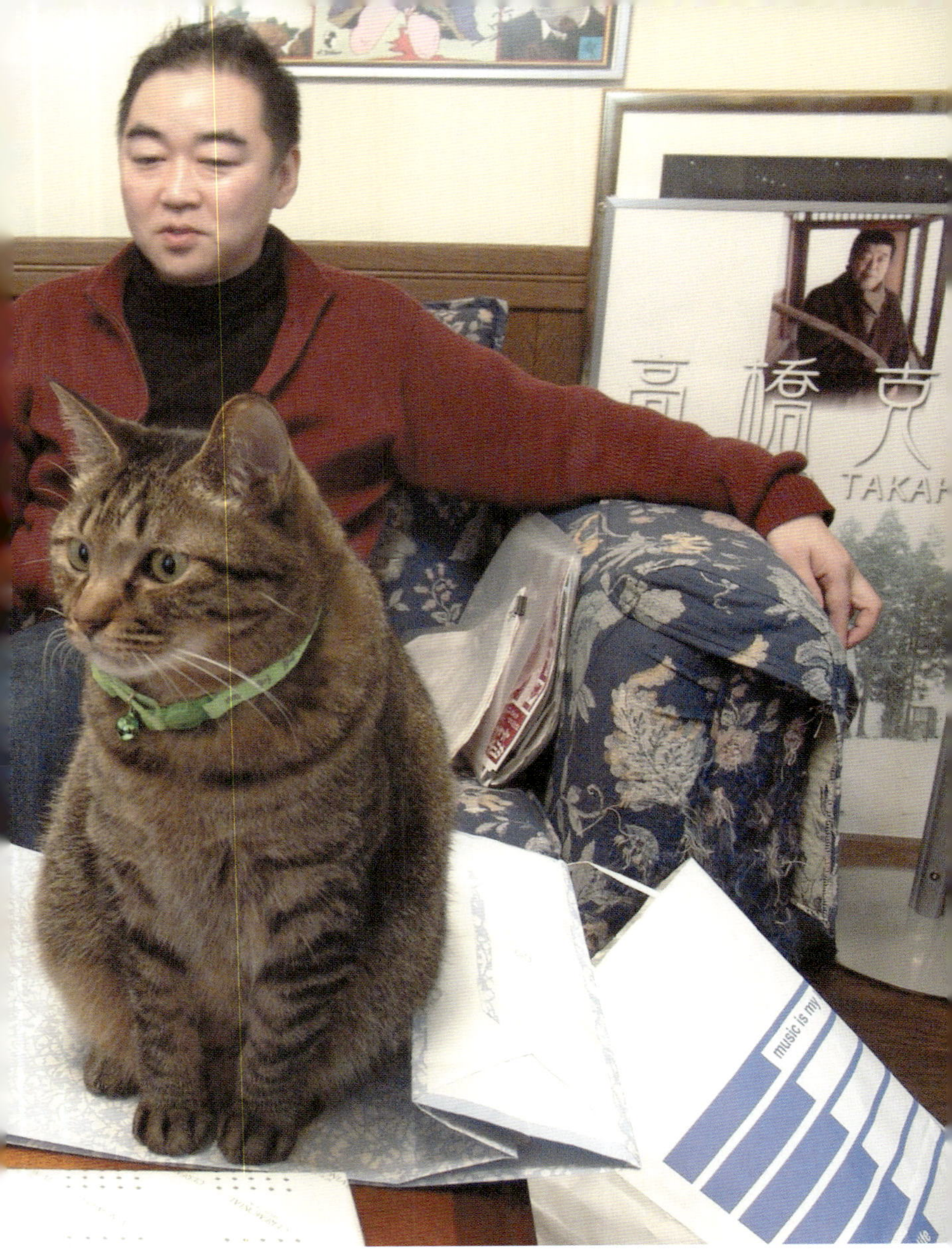
高橋克
TAKAH
music is my

あのふたり
えらそうなこと言ってやんの！

サブそ。ノラじゃなくてよかったな。今じゃセレブ

ふん、ボクは負けないぞー！

ホクサイ兄ちゃんの肉球がカワイイニャン

075　タマゴ

ウガーッ！
早く椅子に座って膝にのっけてー

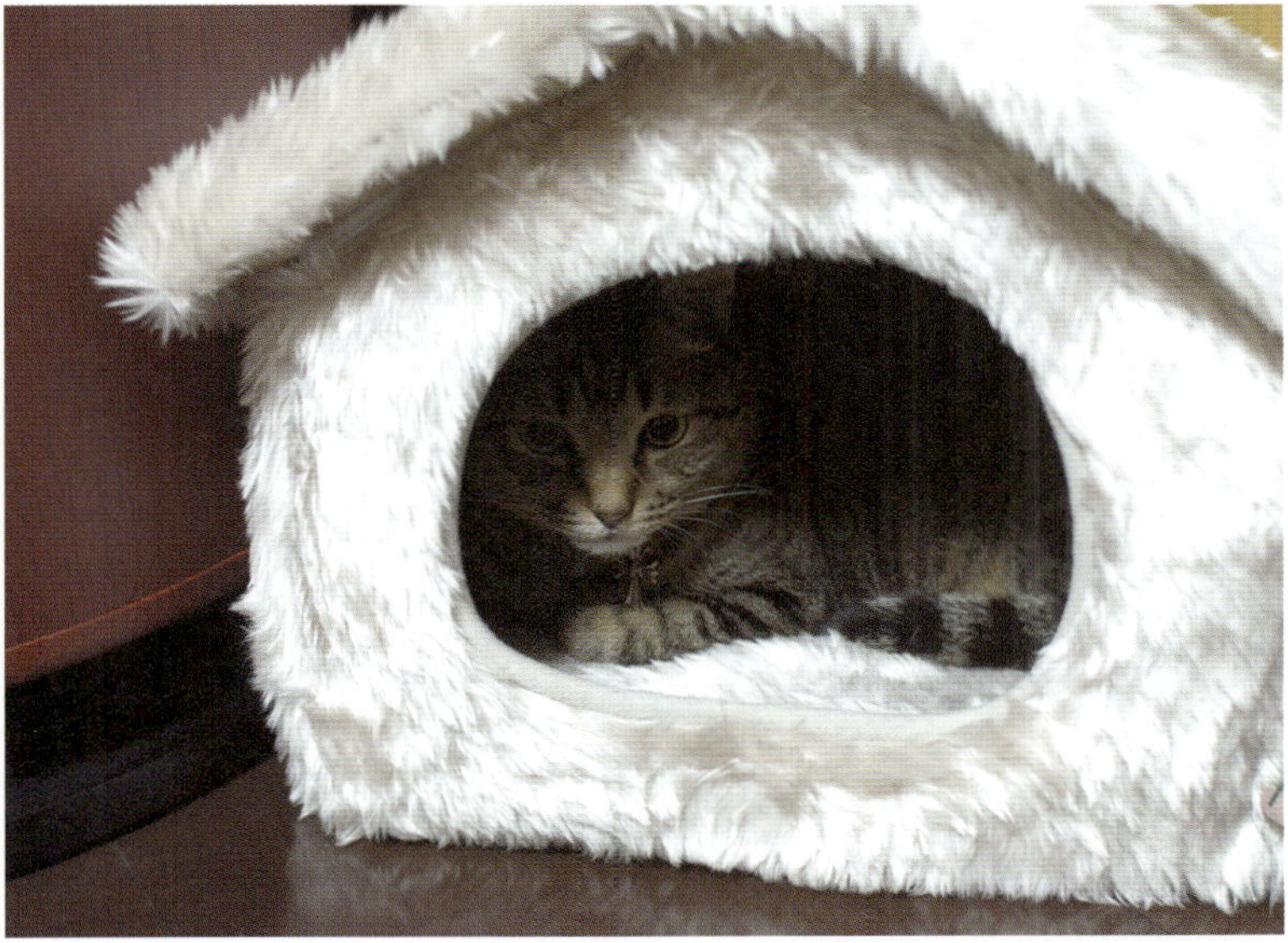

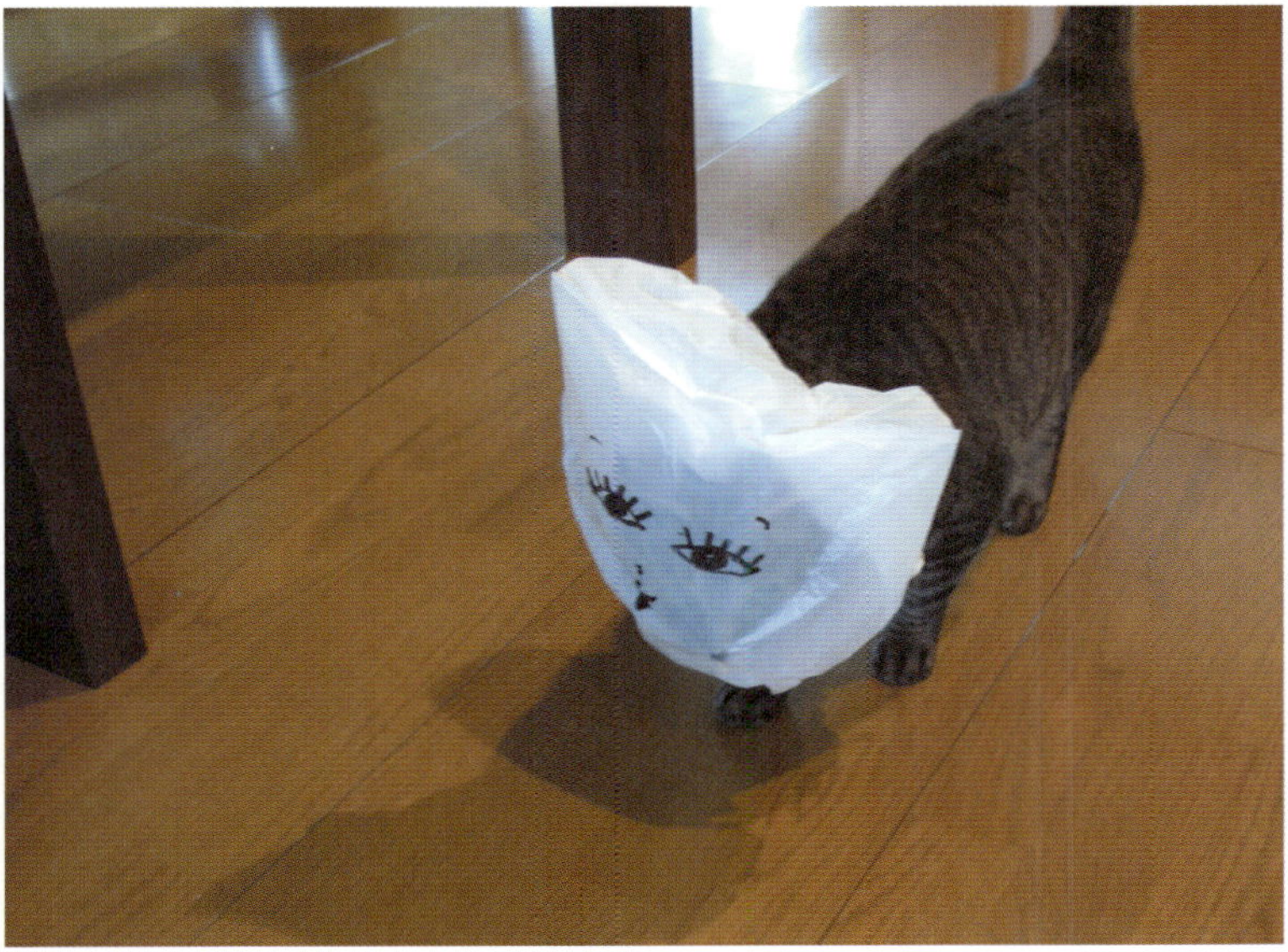

私の猫だまは、

言霊《ことだま》以上に

創作力の源泉であった。

美人だニャ〜

ふん、
いじられっぱなし…

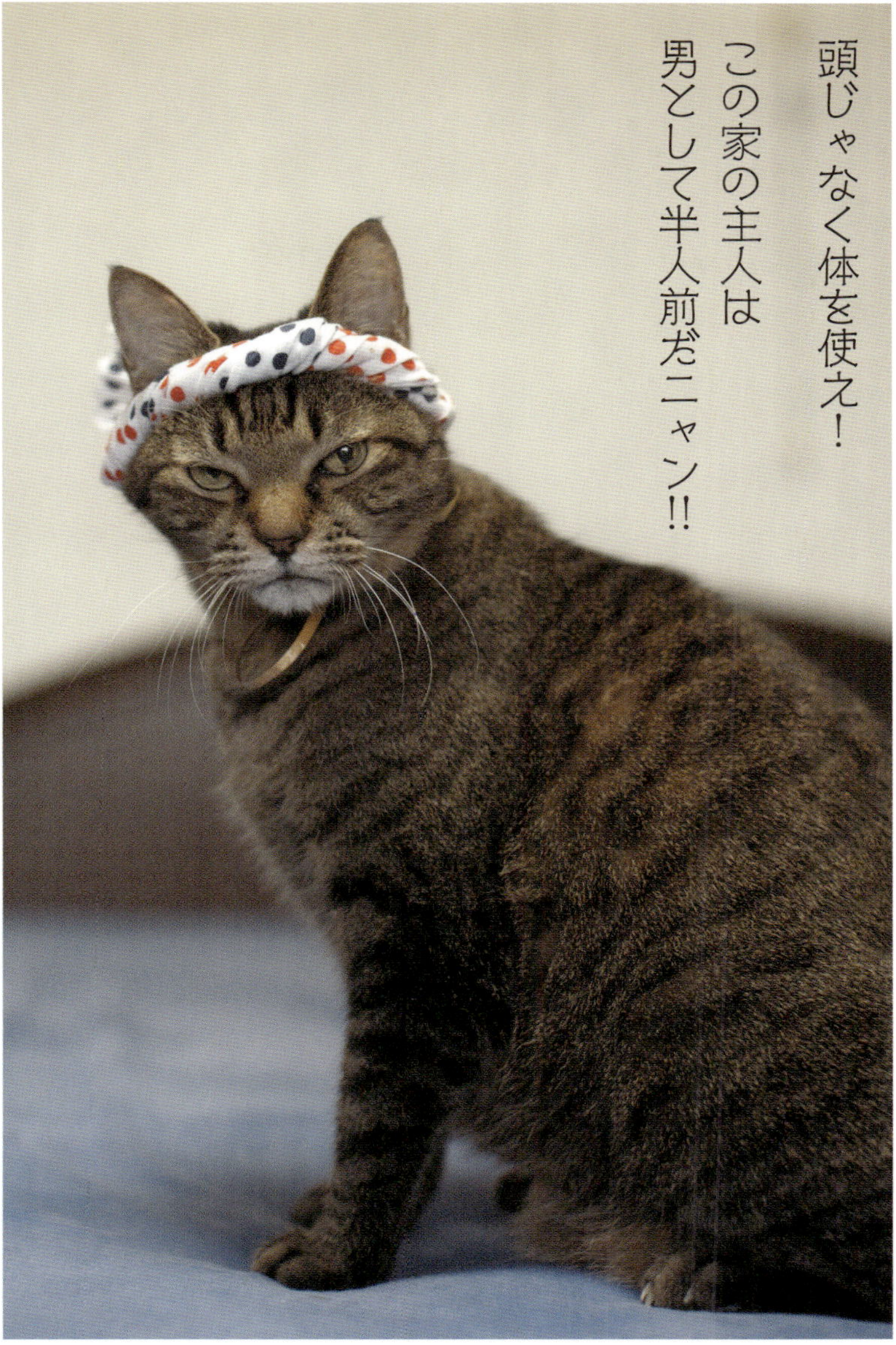
頭じゃなく体を使え!
この家の主人は
男として半人前だニャン!!

 タマゴ

雪の影はなぜ蒼いのだ?

タマゴ

TOSHIBA

早く仕事にかかってよー

可愛い顔、
ヘンな顔、
もっとヘンな顔、
ご主人はもっとヘンだよ！

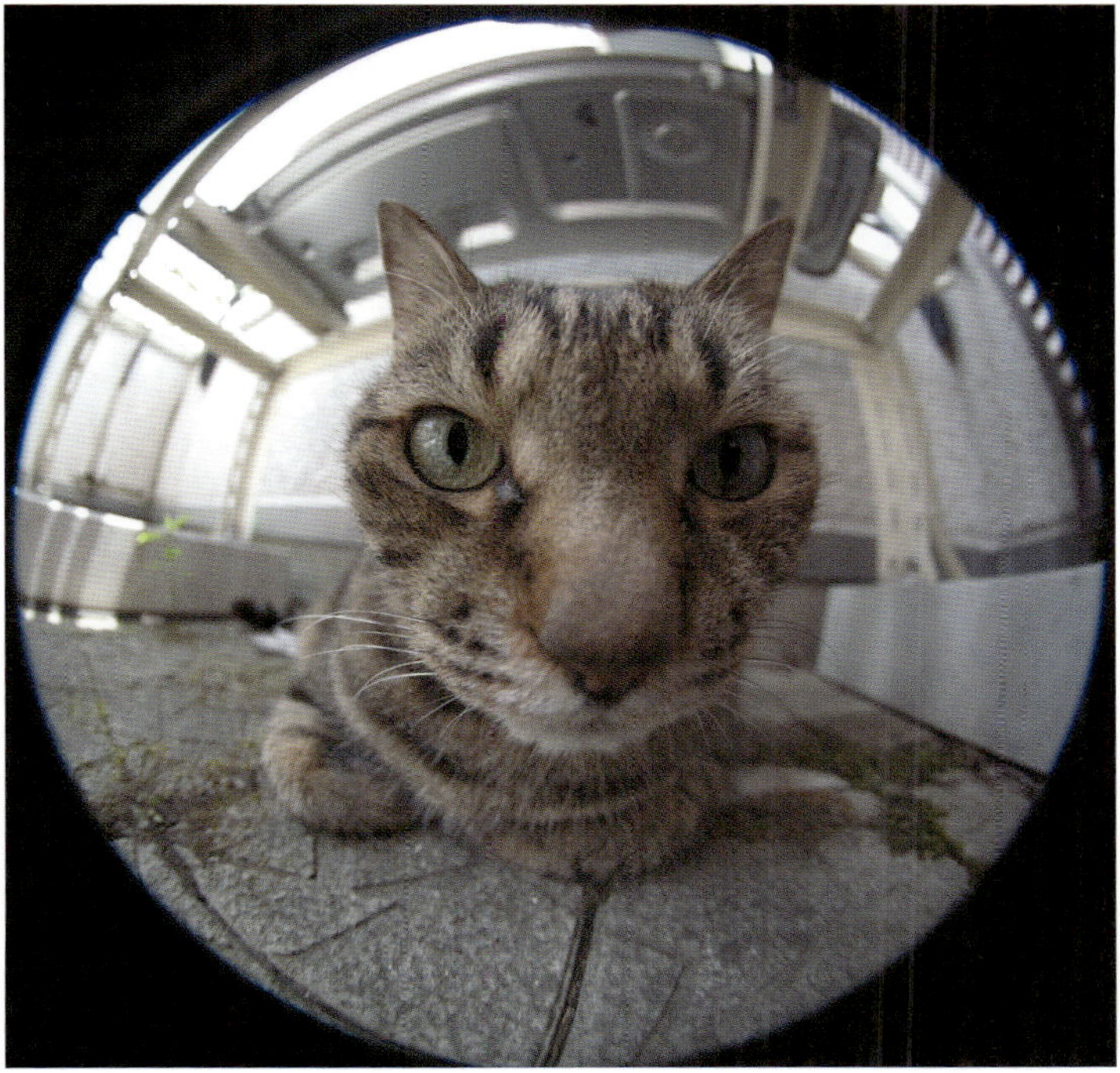

089　タマゴ

またカメラで遊んでる？
担当編集者に怒られないのかニャ

腕がいいの、レンズの性能がいいの？

093　タマゴ

ボクの瞳の中にご主人がいる、永遠に

さよなら
いつもパジャマ姿のお父さん
好きだよ

猫咄四話

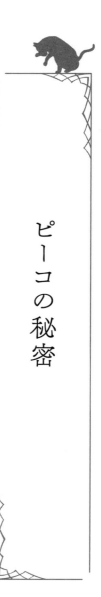

ピーコの秘密

ピーコが居なくなって三日にもなる。今日こそはきっと戻っていると信じて学校からどこにも寄らずに走って来たんだけど、ママの沈んだ声を聞いたらそれで分かった。パパは雪がとけて春になったから仲間たちと一緒に遊んでいるだけさ、と慰めてくれるが、三日も帰らないなんてはじめてだ。事故にあって動けなくなっているんじゃないだろうか。猫同士の喧《けん》嘩《か》で怪我《けが》をしたのかも知れない。それとも犬にでも追いかけられて迷子にでもなったのか。布団に入ると嫌な想像ばかり浮かんでくる。ノラ猫とでも間違えられて保健所に連れて行かれていたらどうしよう。三味線なんか今は売れないから猫捕りなんて居ないよな。もしお腹を空《す》かせていたら可哀相《かわいそう》だ。だれか親切な人に出会って缶詰でも貰《もら》っていればいいんだけど。あいつは他人に滅多《めった》に懐《なつ》かないやつだから、きっと我慢しているに違いない。ぼくの布団にしか入ってこないやつなんだもの。考えていると涙がでてくる。はじめてピーコと出会った日のことが思い出された。どしゃぶりの日だった。ピーコは公園の滑り台の下で雨を怖がって泣いていた。大人たちは皆知らないふりをして通り過ぎて行く。近付けば逃げると思ったのにピーコはぼくが側にしゃがむとよろよろと寄ってきた。前足に怪我をしていた。毛は雨に濡《ぬ》れて、痩《や》せた体がはっきり分かった。ぼくは思わず抱き締めた。ピーコはごろごろと喉《のど》を鳴らしてぼくの胸に頭を押し付けた。動物はだめと言われていたけど、このままにはしておけなかった。ぼくは家に連れて帰った。パパとママはもちろん叱《しか》った。でも、嬉《うれ》しそうに皆に甘え続けるピーコを見てパパも許してくれた。その代わり次の学期には算数で満点を取る約束をさせられたけどね。あれから……三年が過ぎている。ピーコはすっかり大人になって、今では我が家の主のようにいばりくさっている。でもぼくの命令だけは聞く。ピーコはぼくの一番の友達だ。

我慢ができなくなってぼくはピーコを捜しに出た。パパやママには内緒だ。真夜中の二時だもの、許してくれるわけがない。

ピーコの遊んでいた公園や駐車場を覗《のぞ》いて見たが見付からない。だんだんと知らない場所に踏み込んで怖くなってきた。星が綺麗《きれい》な夜なのでなんとか耐えられる。そのとき、ぼくは夜空を駆ける大きな火の玉を見た。ゆっくりと飛んで公園の方に落ちた。あれはＵＦＯじゃないのか？　ぼくは公園に向かった。怖いとは思わなかった。きっと、皆も見ていて公園にたくさんの人が集まっているに違いない。逆にわくわくした。

だが、公園はひっそりと静まりかえっていた。火の玉が落ちた様子もない。ぼくは公園をあちこち捜し回った。そして発見した。藪《やぶ》の中に二メートルほどの小さなＵＦＯが、まるでかくれんぼをしているかのように着陸していた。柔らかな光を発しながらゆっくりと回転している。さすがに怖さが戻った。なにが出てくるか分からない。でも足がすくんで動けなくなっていた。なんで大人たちが来てくれないんだろう。これを見ていたのはぼくだけなんだろうか。ぼくはこのＵＦＯにさらわれてしまうかも知れない。

ふいに後ろからたくさんの猫の唸《うな》り声が聞こえた。ぼくは振り返った。金色の目玉を光らせて五、六十匹の猫がぼくを取り囲んでいた。一番前にいて尻尾《しっぽ》を膨らませているのはノラ猫のクロだ。いつも顔を見ると頭を撫《な》でてお菓子をやっているのに、今は獣のようにぼくを脅かしている。

「殺せ、殺せ」

そんな声が耳の中に響いた。猫たちの声がなぜかはっきりと理解できたのだ。たぶんテレパシーというやつに違いない。

「見られたからには殺すしかないぞ」

そう言っているのは花屋のトラだった。名前は知らないがぼくはそう勝手に呼んでいる。その声と同時にUFOの扉が開いた。小さな扉から二本足で立った猫たちが五、六匹出てきた。公園の猫たちは駆け寄って歓迎した。

「この子供は？」

出てきた猫が皆に訊《き》いた。

「見られました。すぐに片付けます」

「待ってください！」

猫たちを掻《か》き分けてぼくの前に飛び出てきたのはピーコだった。ぼくは嬉しくて泣いた。

「この子は我々の味方です。いや、地球の子供たちは皆そうですよ。私は命を救われました。私にどうかお任せください。この子供たちこそ大事に守っていかなければ……」

たくさんの猫たちもピーコに頷《うなず》いた。

「では任せよう」

ＵＦＯから出てきた猫がぼくにレーザーガンのようなものを突き付けて発射した。

そしてぼくは……布団の中で目覚めた。

夢だったんだろうか。慌てて起きたぼくの足元にはピーコが背中を丸めて眠っていた。なんだ、やっぱり夢じゃないか。

「夢じゃないよ」

ピーコは片目でウインクすると、大きなあくびをしながらぼくの布団に入ってきた。

ミーコのたましい

ミーコは捨て猫になりました。

生まれて一カ月もたたないうちに、母親の側から引き離されて、お寺の縁の下に捨てられてしまったのです。片目が開かない猫だからと言うのでした。

東北の冬は、夏のすぐ後にやって来ます。

ミーコは主人が箱の中に入れてくれた小さな魚を二、三匹一ぺんに食べてしまうと、ミャー、ミャーと鳴き続けて、ぼろにくるまって眠ってしまいました。そのぼろも、寒いからと主人が置いていってくれたのです。

ミーコは黒い猫でした。黒い猫はみんなが嫌うのです。そのうえ片目ときては、なおさらです。

次の日も、その次の日も、ミーコはただ小さな声でミャーミャーと鳴き続けるだけでした。

ミーコの背丈の三倍もありそうな箱のふちは、子猫にとってはとても乗りこせそうもありません。

三日目にミーコは拾われました。

拾ってくれたのは、驚いたことにミーコを捨てた主人でした。

息子の雄太君が、ミーコがいなくなってから、毎日のようにお母さんに駄々をこねて、とうとうお父さんが、もし拾われていなかったら連れて帰って来ると約束したのだそうです。

その日から、ミーコは雄太君の友達になりました。

遊ぶのも一緒、寝るのも一緒、起こすのはミーコの役目でしたけれど。

雄太君は、時々ミーコをいじめました。新聞紙をまるめて頭をたたいたり、二階の窓から落としたり、眠っているところに水をかぶせたり、それでもミーコは雄太君にだけは決して爪を出した事はありません。

「そんなにいじめるのなら、また捨てるぞ」

お父さんの言葉に、いつも泣きそうにして謝ってくれるのも、やっぱり雄太君だったのです。

そんな後はミーコはゴロゴロと甘えた声を出して雄太君のひざに乗ります。雄太君はミーコにほおずりして抱いてくれると知っているからでした。

半年が過ぎました。

雄太君は小学校に上がって、今までのようには遊んでくれなくなりましたが、眠る時だけは今まで通り一緒です。

雄太君は、時々学校の話をしてくれます。友達のことや、雄太君の一番大好きなジャングルジムのことや、そして運動場の隅にみんなで作った花壇のことを。

花壇には雄太君が植えたチューリップもあるそうです。

来年にならなければ咲かないそうですが、その時は一緒に見に連れていくと雄太君は約束してくれました。

早く来年になれば良いとミーコは思いました。

雄太君の咲かせたチューリップなんて、素敵ではありませんか。チューリップはミーコの好きな赤い金魚に似ているそうです。ミーコはびっくりしました。雄太君はミーコがこの頃誰もいない時に金魚鉢に手を入れて遊んでいるのをちゃんと知っていたのです。

ミーコは赤くなって布団の中に潜り込んでしまいました。

それから半年が過ぎて、ミーコにとって二度目の冬が近づいて来ました。

この頃は、ミーコは雄太君と一緒の布団に眠りません。

雄太君の眠る頃になると、ミーコは淋しそうに雄太君の顔を見上げます。

雄太君は玄関の方に行き、そこに置いてある小さな箱から、生まれたばかりの子犬を抱き上げると、そのまま自分の部屋に行ってしまいます。

ミーコがニャーと鳴いても、雄太君は知らない顔をするのです。

学校から帰って来ても、もうミーコと遊ぶ事はなくなりました。

だから、ミーコにとって、二度目の冬は、とても寒いような気がするのです。

そんなある日、夕方から、とうとう白い雪が降りはじめました。初雪は、ふつうそんなに積らないものですが、今日の雪はどんどん降り続いて、この様子だと明日の朝までには、三十センチくらいにもなりそうでした。

ミーコがコタツの中で居眠りをすませて、布団から抜け出してみると、家の中がとても騒がしい様子でした。

話を聞いてみると、雄太君が夕方から見えなくなったという事でした。

お父さんもお母さんも心配して、泣きだしそうになっています。もう見えなくなってから四時間にもなるのです。雪はますますひどくなって、外をのぞいて見ると二十センチは積っていました。

近所の人たちも探してくれているようですが、友達のところにもいないらしくて、これではあきらめた方が良いかも知れない、などと外で話し合っている人たちもいたのです。

ミーコは驚きました。

ミーコは雪が嫌いです。それでも雄太君のためなら我慢しなければなりません。

ミーコは髭をピクピクさせてから、サッと暗い中に飛び出していきました。

やがて雪は、吹雪に変わっていきました。

それから何時間かがたちました。

雄太君の家には、お母さんの他、誰もいません。お父さんも、中学に行っているお兄さんも、皆と一緒にまだ探し回っているのです。

お母さんは泣きつかれて、コタツに丸くなってうたた寝をしていました。

その時、お母さんの耳に、ニャーンと小さな声が聞こえました。

思わずお母さんが目をさまして、辺りを見まわすと、玄関のところに寒そうにしてミーコが立っていました。

ぼんやりとそのままミーコを見つめていると、また小さくニャーンと鳴くのでした。

よく見るとミーコの足許に何かが落ちています。お母さんは、ハッとして玄関に向かいました。

それは雄太君の帽子でした。

「ミーコ、お前これをどこで――」

お母さんが叫ぶとミーコはクルリと向きをかえて歩きはじめます。

お母さんは、そのままの姿でミーコの後を追いかけました。

途中でお父さんたちと出会いました。

みんなもわけを聞かされて、遠くを歩いていくミーコを追うのでした。

ミーコは時々立ち止まり、皆のついて来るのを確かめるようにしては歩いていきます。

そしてミーコは小学校に入っていきました。校庭を横ぎって、校舎の裏庭の方に向かっていくミーコの後ろ姿は、妙に悲しそうでした。

雪明りのために、ミーコの黒い姿は、なによりもはっきりと見えたのです。

ところが、裏庭に入ると、とたんにミーコの姿は見えなくなってしまったのです。

皆は、あわてて探しました。

その時、誰もが、庭の隅の方でミャーンと悲しそうに鳴いているミーコの声を耳にしました。

お母さんが、駆け出していきました。

お父さんも走っていきます。

二人は、そこに雄太君が凍え死んでいるのを見つけました。

雄太君は自分のチューリップが心配で、それに手製の温室を作ってあげようとしていたのです。

雄太君の服の中には可愛がっていた子犬が入れられていて、元気そうに周りを見ています。

そして、ちゃんと帽子をかぶっている雄太君の顔を暖めようとでもしているような格好で、側にミーコが死んでいるのが分りました。

何時間も前に死んだらしく、ミーコの体はカチカチに凍ってしまっていました。

雄太君とミーコは一緒のお墓で、今も眠っています。

猫屋敷

1

いやな旅になりそうだった。

電車の窓の外には重苦しい雲が空を埋め、三十分前から降り続いている雨がガラスを斜めに伝っていく。冷たいガラス窓に額を押しつけながら私は後悔しはじめた。

まったく、いやな旅になりそうだ。

こんな気分は私だけではないらしい。

東京から一緒に乗りこんできた団体客もなんとか気分を盛り上げようと車内販売の売り子が顔を見せるたびにからかっている。若い売り子は酔っ払った中年の客たちの卑猥《ひわい》な冗談に顔を赤らめながら狭い通路を通っていく。さすがに尻を触る客はいないが、それに近い。

どうして日本人には電車の旅となると昼でも関係なく酒を飲む人間が多いのか。まるで休日が一度もない忙しい体のようだ。自分たちは旅行を楽しんでいる気分だろうが、少しはまわりの迷惑も考えればいいのだ。私は次第に腹が立ってきた。酒は嫌いでもないが、連中のようにところ構わずという飲み方は絶対にしない。第一、あんなに酔ってしまっては肝腎の目的地に到着しても観光などする気にもなれないはずだ。酒臭い空気が三列離れた私の席にまで漂ってきた。つまみに広げているイカの燻製《くんせい》の匂いと混じり合って、なんとも生臭い。こちらの憂鬱がますます強められていく。

私は苛立ちを忘れようとバッグからゲラの束を取り出した。二ヵ月後に出版予定の短編集の初校ゲラだ。こんな気分では丁寧に読むこともできないが、少なくとも憂鬱だけは解消させることができそうだ。できるなら旅をこの場で中止して東京に戻りたい。福島なんかにいって自分にどんな得がある？　私は自分に訊《たず》ねた。むしろ事実と分かればもっと苦しむだけだ。小説の題材なんかに使える話でもない。まったく個人的な問題なのだ。

私は今度の旅の端緒となった従兄の酔っ払った顔を思い浮かべた。なるほど、あいつもあの夜はしたたかに酔っていた。だから無意識に酔っ払いを疎《うと》んじていたのかもしれない。

2

「なんでこんなに薄気味悪い小説だけを書くんだ。おまえの小説はいつも人殺しだらけじゃねえか。それも残酷な殺し方でさ」

岩手から何年ぶりかで東京の私のアパートを訪ねてきた従兄の明雄は、手にしていた私の本を乱暴に閉じた。だいぶ酒が入っている。

「本を読むたびに気持悪くなる」

私は苦笑した。言葉こそキツイが明雄とは仲がいい。年齢も二つしか違わないので故郷《いなか》では兄弟とおなじ付き合いをしてきた。

「あなた。よしてよ。せっかく本を貰っているのに、純一さんに悪いじゃないの」

側にいた美江子が私を気にして夫の腰を揺すった。明雄の親友の結婚式が東京であって、二人は夫婦で招待された。そのついでに一人暮らしの私の部屋に泊まりにきたのである。

「別に……明雄の悪口にはもう馴れっこになっている。気持悪いってことは、ちゃんと本を読んでくれている証拠だものね」

美江子は安心したように頷いた。

「だから……」

明雄は美江子を無視して、なおも続けた。

「今日はおまえの本心を聞かせてくれ」

「なんだよ。本心ってのは」

「残酷な話を書くのは趣味なのか？」

私は曖昧《あいまい》に笑った。どうも今夜の明雄は普通じゃない。飲みすぎだろうか。

「前から気になっていた……それに、あの隅に転がっている猫の野郎だ」

明雄は酔っ払いを嫌ってさっさと部屋の隅に逃げだしたピーコを憎々しげに睨んだ。ただのノラ猫だが、拾って二ヵ月になる。ピーコは自分の話だと分かったのか首を少し起こして私を眺めた。夜なので黒目が大きい。

「このことは叔父貴《おじき》に話してあるのか？」

明雄の目はすわっていた。

「いや……オレはもう三十だぜ。なんで猫のことを田舎にまでいちいち報告する必要がある？　どうせ親父は東京にこないさ」

私は呆れて明雄を見据えた。親父の極端な猫嫌いは承知だが、そこまで明雄に干渉される筋合いはない。こちらの勝手だ。

「おまえはなんにも知らねえんだな」

明雄は首を横に振った。

「絶対に猫だけは駄目だ。それがオレたち真壁一族の昔からのしきたりなんだよ」

思わず失笑した。言うに事欠いて真壁一族のしきたりとはあまりにも大仰な言いぐさだ。

「こいつばかりは冗談と違うぜ」

明雄は真剣な顔をした。

「オレたちは猫に祟《たた》られている。だから何代も猫を飼ったことがない。嫌いだという理由じゃないんだよ。嘘だと思うなら今すぐにでも叔父貴に電話をしてみろ。なんて言われるか。捨てろと命令されるに決まっている」

私は戸惑って美江子に視線を移した。が、彼女も暗い顔をして頷いた。

「二人ともどうなってるんだ。たかが子猫だぜ。いまどき祟りだなんて子供でも笑うよ」

寒気を覚えながら明雄に酒を勧めた。こんなときには酔い潰《つぶ》して眠らせてしまうに限る。

「酒はいただきますがね」

明雄はグラスを差しだした。

「今夜にでも猫は捨てろよ。こんなのと一緒じゃ泊まる気にもならん」

私はさすがにムッときた。

「祟られている理由《わけ》を聞かせてくれ。それに納得しないうちは……じゃなけりゃホテルにでも泊まるんだな。二ヵ月も育てているんだ。簡単に捨てるわけにはいかない」

「本当に聞いたことがないの？」

美江子は怯《おび》えた顔で私を眺めた。

「なんだよ。美江子さんまで。気持悪い」

「私は別に祟りなんて信じているわけじゃないけど……昔から君子危うきに近寄らずって言うじゃない。親戚が皆猫を厭がっているんだから、わざわざ純一さんが飼わなくても」

「わざわざじゃない。可哀相なんで拾ってきただけだ。ピーコはオレに感謝してるさ」

私はピーコを膝に運び上げると喉を撫でた。ゴロゴロと言いながら目を細めて私にすがる。

「こんなのが祟るはずもないだろ」

「知らんぞ。オレは」

明雄は酒を一気に呷《あお》った。

「とにかく叔父貴にはオレが報告しておく。あとは二人で結論をだしてくれ」

「だから、祟りってのはなんなんだ！」

私は声を荒げた。

「あなた。話してあげたら？　これじゃ純一さんだって怒るのが当たり前だわ」

「しかし、叔父貴がこいつに話さなかったのはなんか考えがあるんだろうさ。勝手にオレが喋っちまえば叱られる」

また大袈裟な言い方をする。

「聞いたことは親父に言わない。約束する」

「じゃあ、叔父貴の猫嫌いはなにが原因だと思っていた？」

「不潔だからと……猫は外からノミやダニを運んでくる。家は病院だからな。患者さんのまわりをウロウロされたんじゃたまらない」

「なるほどね。ちゃんと立派な理由をこじつけられたわけだ。それで叔父貴もそれ以上の説明をしなくてすんだんだな」

「…………」

「おれの親父はただのサラリーマンだ。子供の頃にオレがノラ猫を拾ってくるたびに適当な理由を見つけられなくて困っていたよ」

「やっぱりノラ猫を？」

「当たり前だ。子供は皆動物好きだからな。何度も拾ってはその日のうちに捨てられた。悲しい思いをしたもんさ」

私は少し真剣に聞く気になった。

「そしてとうとう親父から聞きだした。一族がなぜ猫を恐れるかという秘密をね」

「…………」

「それ以来猫を飼おうと考えたことは一度もない。祟りを本気で心配したんじゃない。親父たちがそれほど怖がっているものを、あえて飼うつもりにならなかっただけだ。おまえだって話を聞いていたらそうなったはずだ」

明雄は落ち着いた口調に戻っていた。

「さっきの話を蒸し返すようだがな」

明雄は唐突に話題を変えた。

「なんでそんなに人殺しに関心がある？」

「だって……オレの仕事はミステリーだぜ。人殺しを書くのは当然じゃないか」

「その程度はオレにも分かる。問題はどうしてあんなに残酷な描写をしなければならないかってことだ。女のあそこにナイフが突き立てられて殺されていたり、子供のバラバラ死体が見世物小屋から発見されたり、異常だと自分でも思ったことはないのかい？」

私は返事に詰まった。確かに当たっている。特別に必然性のない場合でも私はやたらと残虐な死体を設定するクセがある。殺人現場を見たことがないから、逆にリアリティをだそうとして描写が綿密になるのだ。ただ転がっている死体ではありきたりになってしまう。

「それだけじゃねえだろう。なんだか面白がって書いているようだ」

明雄は私の返事に首を振った。

「子供の頃の恐怖感かな」

私は五歳のときに死体解剖を間近で見たことがある。その頃親父は田舎の県立病院で院長をしていて、私は誰にも叱られないのを幸いに病院を遊び場にしていたのだ。そんなある日、友達と鬼ごっこをしていて逃げこんだ手術室でいきなり死体と出会った。いや、最初はそれがなんだか分からなかった。赤いざくろのようなものが目の高さにある。二人の医者と三、四人の看護婦の驚愕した視線を浴びて、子供ながらに理解した。それは酒乱の夫に鉈《なた》で頭を割られた女性の、パックリと開いた脳の部分だったのである。私は泣きだしてその場に蹲《うずくま》った。もちろんあとで親父からこっぴどく怒鳴られたが、二十五年すぎた今でも、あの恐怖がどこかに残っている。それを払拭《ふっしょく》しようとして、もっと残酷な場面をわざと創造しているのかもしれない。なにしろ自分の残酷趣味は子供の頃から続いている。怪談映画を見たり、残酷な死体の写真集を眺めたりと、まわりからは奇妙な人間だと思われてきた。そのすべては五歳のときの恐怖を克服しようとする無意識の行動だったのではないか？

「まあ、それなら少しは分かるがな」

明雄は安堵したように頷いた。

「とにかく気をつけた方がいい。オレやおまえにはそういう血が流れているんだから」

ゾッとした。

血が流れている？　どういうことだ。

「広島に親父たちの従兄がいることは？」

「知らない。はじめて聞いた」

明雄はヤレヤレと溜息《ためいき》を吐《つ》いた。

「おまえは親父たちに親戚がいないってことを一度でも不思議に思った経験はないのか」

　私はあんぐりと口を開けた。なんでだろう。自分でも不思議だ。明雄が従兄のように、親父にも従兄がいておかしくない。なのにこれまで一度としてそれを考えたことはなかった。あるいは子供の頃に聞いて、いないという返事を鵜呑《うの》みにしていたのか。

「たぶん、そうだろうな。ウチの親父と違って叔父貴はあらゆることを隠そうとしたんだ。それなら曾祖父《ひいじい》さんのことだって……」

「知らんよ」

　私は急に不安に駆られた。

「まったく呑気な男だ。物書きなら自分の家系ぐらい興味を持ちそうなもんだ。親父たちは木の股から生まれたわけじゃねえだろう。祖父さん、曾祖父さん、そしてその前と代々繋がっているはずだろ」

「だって……墓がないじゃないか」

　岩手には祖父の骨を納めた新しい墓があるだけで、先祖代々という墓はない。

「それで納得していたのか。想像以上にアホな男だ。ガキだって不審を持つぜ」

「…………」

「先祖の墓はあるよ。福島にな」

私は呆然として美江子に確認した。美江子も静かに頷いている。

「そこには曾祖父さんから以前の先祖の骨が埋められている……はずだ」

「はずってのは、なんだい」

「行ったことがねえんだ。親父から堅く禁止されていてさ。真壁一族のタブーだよ」

私は軽い眩暈《めまい》を覚えた。これは明雄の冗談に決まっている。いくらなんでも、こんな話を私が聞かされていないわけがない。

「本当みたいよ。義父《とう》さんがこの人に話していたのを私も側で聞いていたから」

美江子は真顔で言った。

「先祖になにがあったと言うんだ。え。なんで親父がオレに隠す必要があるんだよ」

「不安だったのさ。子供のおまえが妙に死体に興味を持ったりするから」

「……………」

「おまえが親父たちの叔父さんとおなじ殺人者になるのを恐れたんだ」

「あなた！　よしなさい」

美江子が悲鳴を上げた。

ザワザワと鳥肌が立っていく。

「昭和のはじめというだけで年代は知らん」

明雄は首筋に流れる汗を手拭《てぬぐい》で乱暴に拭きとりながら話を続けた。

「絶対にオレから聞いたと叔父貴には言わんでくれよ。オレがどやされる」

明雄は念を押してきた。私も頷く。

「祖父には二人の弟があった。一人は若い頃に北海道に渡って消息不明だ。と言っても事件が起きるまでは連絡があったそうだから、自分で付き合いを断ったんだろう。そして、もう一人の弟、つまり親父たちの叔父さんに当たる人だが、これがとんでもない大事件を引き起こした。もともと鬱《うつ》病だったらしくて学校を卒業しても仕事につかず、岩手の病院に勤務していた祖父を頼って二年くらいはブラブラしていたようだ。ウチの親父はその頃小学生だったので、結構遊んでもらった記憶があるという……」

明雄は言葉を切った。顔に躊躇がある。

「どんな殺人をしでかしたんだ？」

私は急《せ》かした。

「東京の印刷会社に就職してな……結婚もして子供も生まれた。なのにその翌年の夏に玉の井の娼婦を殺したんだ。理由は分からない。叔父も警察に捕まる前に自殺した。鬱病が再発したと新聞には書かれたそうだけれど、真相はいまだに謎だ」

フーンと私は頷いた。近い親戚に殺人者がいることは確かに薄気味悪いけれど、その程度の事件なら大したものではない。

「殺し方がな……残酷だったんだ」

「…………」

「死体の陰部を包丁で抉《えぐ》り取って犬に食わせたそうだ。現場近くの犬の皿に半分残っていたと聞いたぜ。体の方は二階の窓から運びだして上野の不忍池《しのばずのいけ》に捨てた。バラバラに切り離した女の首を石で潰してさ」

「ホントかよ！」

「昭和初期の猟奇事件として有名なんだそうだ。おまえは聞いたことがないか？」

明雄は逆に質《ただ》してきた。ミステリーを商売にしているから、あるいはと思ったのか。

「阿部定なら知ってるけど……」

「調べてみな。きっと分かる。真壁なんていう苗字は珍しいから直ぐだよ」

明雄はグラスを飲み干した。美江子が新しい水割りを作る。もう七、八杯目だ。結婚式でも飲んできたはずなのに今夜は強い。私に秘密を教えることで興奮しているのだ。

「猫となんの関係があるんだ？」

「その叔父さんが女を殺したと故郷に連絡が入ったときに、猫の祟りだと噂が立った」

「なんで？」

「親父たちの曾祖父、つまりオレたちにとっては四代前の先祖になる人だが、福島の山の中で相当大きな干物問屋を営んでいてさ」

明雄の話はあちこちに広がる。

「なにしろ扱っている品物が品物だろ。鰹節やスルメだとか、どれも猫の好物だ。蔵のまわりに猫が集まって仕方がない。今と違って密閉された蔵じゃない。風通しをよくするために屋根の下には隙間がある。匂いが外に出たんだろうな」

なるほど。私にも話が見えてきた。先祖は猫から商売用の品物を守るために猫を捕えて殺したというわけだ。明雄は頷いた。

「それも五匹や十匹じゃない。賞金をだして近所の子供たちに猫狩りまでさせたってんだから……最低でも、二、三百は殺している」

厭な話だ。私は吐き気を覚えた。

「奥さんが異常な猫嫌いだったことも関係あるようだな。屋敷の庭から毎日のように猫の悲鳴が洩れてきたそうだ。いたぶれば他の猫が怖がるとでも思ったのかね」

「…………」

「そのうちに家業が傾いた。いくら猫が商売物に手をだすとはいえ、やり方が残酷だと思われたのさ。そんな店から誰も買わなくなる。先祖は慌てて庭の隅に猫塚を建立して供養したが、もう間に合わない。借金が重なってその先祖は首をくくった。それからだよ。猫の祟りだと言われはじめたのは……」

私はなんとなしにピーコを見下ろした。ピーコは耳を立てて明雄の話を聞いている、ように思えた。目を半開きにしたままで。

「いちおうは女を殺した叔父で祟りもやんだようだが、それまでにも親戚中で、若くして自殺したのもいた。まあ、自殺なら外聞が悪い程度で済んだが、殺人者をだしたとなれば話は別だ。間もなく曾祖父さんが亡くなったのを契機に福島の屋敷とは皆が縁を切った。本家が潰れたんだから墓参りをする人間もいない」

「なら結構親戚がいるんだ」

「だろうな。ウチの親父が覚えているだけでも広島とか長野とか……広島にいる親父の従兄というのが、女を殺した叔父さんの子供だと聞いている。もう五十過ぎだろう」

「その屋敷は今もあるのかい？」

私の問いに明雄は暗い顔をして答えた。

「さあ。昔は猫屋敷と呼ばれていたそうだが」

「……………」

「祟りとは思わんが……ウチの家系に残虐性を好む血が流れているのは間違いない。そもそも猫をそんなに殺したってことが異常だよ。その先祖の血がオレにも、おまえにも伝わっている。お互いに気をつけないと」

明雄は本箱に並んでいる私の本をぼんやりと眺めて言った。そのどれにも無惨な死体がぎっしりと詰まっている。私は不安を覚えた。明雄の話が事実なら、親父が隠したのも納得できる。親父は私に女を殺した叔父の影を見ていたのではないか？　親父が私の本を読まないのは、息子の書いた本という照れだけではなかったのかもしれない。私の心の中に潜んでいる残虐性を恐れていたのだ。

3

　間もなく新幹線は福島に着く。先祖の屋敷があったのは、そこからバスで一時間半。まったくの山の中の小さな町だ。私はゲラの束をバッグに納めるとタバコに火をつけた。

〈本当なのか？〉

　明雄から話を聞いて半月が経つというのに私にはまだ真相が分からない。図書館にでかけて昭和初期の猟奇犯罪を調べてみたが玉の井の娼婦が殺されて不忍池に投げこまれた事件など、どこにも見つからなかった。明雄が年代を間違えているのか、それとも明雄の親父がわざと事件の起きた場所を違えて教えたのか。その方が可能性としては強い。岩手に近い仙台とか青森の事件なら刺激が強すぎる。それで離れた東京の話にスリ替えたと考えれば辻褄《つじつま》は合う。自分に子供がいたとしても、そういう伝え方をするだろう。田舎の事件なら東京の新聞を漁《あさ》っても意味がない。親父や伯父に確かめれば簡単だが、なんとなくそれは躊躇《ためら》われた。明雄との約束よりも、それが事実なら、三十年もヒタ隠しにしてきた親父の、私への不安とまともにぶつかることになる。異常性格者ではないかと息子の私を疑っていた親父の不安とだ。互いにそれを認めることは辛すぎる。やはり自分自身の力だけで事実を確認する他に方法はない。思い切って福島を訪ねる決意を固めた。明雄の話した通りの旧家ならたとえ屋敷が残っていなくても記録程度はどこかにあるはずだ。墓だって直ぐに見つかる。

バスに乗り換えても雨は止まない。どんよりとした雲が前方の山を覆っている。町はあの山の向こうだ。運転手に聞いたら今はまったくの過疎の町だと言う。現にバスの乗客も少ない。私を加えてわずか四人。路線廃止が検討されているのも当然だ。岩手に永年暮らしていて田舎の風景には馴れているつもりだが、まさかこれほどの寂しい田舎とは想像もしていなかった。先祖が暮らしていたという懐かしささえ湧いてこない。

「町のどちらまで？」

彼女の方から声をかけてきた。

福島から一緒の若い女の子で、実を言うと最初から気にかけていたのだ。田舎には珍しい都会的な顔立ちで、原宿や六本木からそのまま戻ったようなセンスをしている。しかし、もちろん旅行客ではない。

「町に旅館はあるよね」

私は彼女の隣りに移動した。

「観光旅行じゃないんでしょう？」

彼女は旅館と聞いて不思議そうな顔をした。町に旅行客など滅多にこないのだろう。私が誰かを訪ねてきたと信じこんでいた顔だ。

「旅館は一軒だけあるけど……今は営業していたかしら。確か食堂部だけじゃなかったかな」

食堂部とはまた古めかしい言い方だ。

「頼めば泊めてくれっぺ」

離れた場所から年配の男が声を上げた。皆が私に関心を持っている。私は礼を言った。

「それで……なにしに？」

私はいい澱《よど》んだ。もし明雄の言う通りの先祖なら町の人々に不快な印象を与えていることも考えられる。その子孫だと話せば毛嫌いされることだって……。

「民話や伝説を調べている。友達が福島の出身で、こっちには鬼の話が多いと聞いたから」

鬼に関しては嘘ではない。彼女は素直に頷いた。私は名刺を渡した。ペンネームなので真壁とはどこにも書いていない。

「猫屋敷ってのがあると言ってたけどね」

その言葉に乗客たちの顔が集中した。

「そんな話……いったい誰から？」

彼女は私を詰問するように見詰めた。

「なんで？　まずいことでも聞いたかな」

私は必死でごまかした。

「別に……それは私の家のことなんです」

思わず逃げる姿勢になった。

「庭に古くから猫のお墓があって」

私は悲鳴を上げたかった。

4

一時間後。

私は史子《あやこ》と並んで町を歩いていた。本当に寂しい町だ。夕闇の迫った狭い通りには人一人見えない。家には明りが点《とも》されているから食事の時間かもしれない。ようやく上がった雨が、今度は靄《もや》に変わって道路を真っ白く覆っている。幻想的だが薄気味悪い。私たちは濃い靄を掻き分けるようにして坂を登った。町を見下ろす小高い場所に猫屋敷はある。

「いいのかな。オレなら旅館でも」

迷惑をかけるという気持よりも、本心は気味が悪かったのだ。誘われたときは嬉しかったが、こんな靄に包まれていると、明るい日中にでも出直したくなってくる。

「お母さんも突然で驚くだろうし」

史子は広い屋敷に母と二人で住んでいる。

「大丈夫よ。お客が好きな人だから」

こうなれば腹をくくる他はない。史子や母親が猫屋敷とどんな関係にあるかも詳しく聞いていない。乗客の好奇の目を前にして質問するのをはばかった。まさか親戚とも思えないが、史子の母なら私の先祖のことも少しは耳にしているだろう。それとなく聞きだす機会もありそうだ。

「着いたわ。古い家だけど我慢してね」

私の前には大きな扉が立ち塞がっていた。古びた表札には真壁の文字が微かに読み取れた。やはり明雄の話は真実だったのだ。史子が重い扉を押し開くと、暗い庭から生臭い風が漂ってきた。気のせいかもしれない。

「おかしいな。いないのかしら」

玄関で史子が何度声をかけても母親は姿を現わさない。史子は首を傾げながら私をさっさと家に上がらせた。古い屋敷だ。庭の荒れようから見て中も酷《ひど》いと想像していたが、廊下は綺麗に磨かれている。奥はどれだけ広いのか見当もつかない。ずうっと廊下の脇に襖《ふすま》が続いている。

「この応接間で待っていて。母を捜してくる」

私はポツンと一人部屋に残された。

私は部屋を見渡した。昔風の洋間だ。壁には二枚の男女の古い肖像画が飾られてある。男の方はどことなく親父や伯父に似ている。あるいはこれが私の曾祖父なのだろうか。女の方は史子にソックリだった。絵の隅には年代が小さく書かれている。私は薄暗いシャンデリアの明りを頼りに目を近づけた。明治十八年とある。私は男の顔を見た。どう考えても五十代だ。とすればこの男は明治よりも三十年も前に生まれた計算になる。

〈だったら……猫を殺した先祖だ〉

曾祖父が明治のはじめ生まれなのは聞かされて知っている。

〈すると、こっちは猫嫌いの奥さんか〉

美しい顔をしているが冷たい印象だ。

「どうしたの？」

史子が直ぐ後ろに立っていた。深い絨毯《じゅうたん》のために足音が聞こえなかったのだ。

「この人たちは？　ずいぶん古い絵だけど」

私は知らないフリをして訊ねた。

「私のご先祖さま。似てない？」

史子は笑って額の前に立った。瓜《うり》二つとまではいかないが髪形をおなじにすれば……

「先祖返りじゃないかってよく言われるの」

私は曖昧に頷いた。血の濃さは知らないが史子と私が親戚なのはこれで確かめられた。

「お母さんは？　外出でも」

「いたわ。奥で電話してたの。用事を頼まれたので町へ戻るけど、母にはあなたのことを伝えておいたから心配しないで。久し振りのお客さんで喜んでいたわ。着替えをしてからこっちにくるはずよ。じゃあね」

それだけ言うと史子は私の返事も聞かないで部屋をでていった。史子の紹介なしで母親に会うなど、なんともバツが悪い。私は溜息を吐くとソファーに腰を下ろした。

やがて五分も経ってから母が現われた。

「…………」

私は思わず絵と見較べた。史子どころの騒ぎではない。彼女は絵から抜けでたようにおなじ顔をしていた。

「どうかなさいましたか？」

「いや。あんまり似ているので」

私は額の汗を拭った。

「あなた……ひょっとして良介伯父さんと関係のある方じゃありませんの？」

彼女は祖父の名前を突然口にした。

「やっぱりそうなのね。史子から聞いたときにおかしいなと思いました。猫屋敷なんてこの町以外の人は知らないはずですもの」

「良介は私の祖父です」

「それなら……ええと、誰々だったかしら」

彼女は伯父たちの名前を何人か挙げた。父は五人兄弟だ。私は諦めて父の名を伝えた。

「そう、嬉しいわ。こうして訪ねてくれるなんて。やっぱり広島から移った甲斐があった」

「広島！」

「そうよ。あなたのお父さんとは従兄同士」

私は後じさりした。目の前の彼女は例の女を殺した叔父の一人娘なのだ。

「会ったことはないけど……いつも母から皆さんのことは聞いていましたのよ。私には他に一人の兄弟もいなかったし」

彼女は寂しそうな顔でソファーにかけた。私は少し落ち着きを取り戻した。別に彼女が殺人者というわけではない。むしろ犠牲者とも言える立場の人間だ。親戚付き合いも拒否されてひっそりと暮らしていたに違いない。

「この屋敷にはいつから？」

私は訊ねた。

「十五年も前かしら。祖父の墓参りのついでに訪ねたら誰も住んでいなくて……主人を亡くしたばかりだったので祖父の菩提寺《ぼだいじ》の住職に勧められるままに引っ越してきたんです」

彼女は自分たちを見捨てた親戚を恨んでいるようには思えなかった。私は安堵した。

「私たちの話は聞いているんでしょ」

彼女は確かめる様子で私を見詰めた。私は曖昧に頷いた。

5

史子はなかなか戻らなかった。私は芳枝に勧められて夕食を馳走になり、風呂にも入って、今はこうして温かな寝床にいる。この部屋は先祖が使っていた書斎だと言う。客間の方は黴《かび》臭くてと芳枝はこちらに布団を敷いた。私にはむしろありがたい。ここにはたくさん古い本が揃《そろ》っている。永年の習慣で本を読まないと眠れない性質《たち》だ。それにまだ十時前である。どんなに疲れていても眠れる時間ではない。史子も間もなく戻るだろう。

私は本箱から二、三冊を選んで布団に戻った。この地方の伝説を集めたものだ。小説の材料になるかもしれない。読み耽《ふけ》っていると時間の経つのも忘れてしまう。

〈へえ……この町には八百比丘尼《はちびやくびくに》の伝説があるのか。珍しいな〉

八百比丘尼とは人魚の肉を食べたために八百年の寿命を得て全国を彷徨《さまよ》った比丘尼のことだ。若狭の国の出身とされているが佐渡にもおなじ伝説がある。いずれにしろ海岸に近い場所に多くて、福島の山の中に話が残っているとは思わなかった。明治時代に書かれた本なので真意を摑まえにくい部分もあるが、どうやら八百比丘尼が全国を彷徨った果てにこの町に住んだという内容だ。これまであまり興味を持ったことがなくて、単純に海岸にでも流れ着いた人魚を食べたとばかり信じていたが、意外なことに人魚は干物だったらしい。それも八百比丘尼本人が見つけたのではなかった。彼女の父親が山に迷いこんだら異郷の人間と巡り合い、まったくの別世界に連れていかれたと説明されている。そこで一口でも食べれば寿命の延びる人魚の干物を与えられ、無事に家に戻された。帰宅を喜んだ娘が父親を布団に寝かしつけ、着物を片付けようとしたら、その袖から人魚の干物を見つけた。事情を知らない娘がそれを食べて八百歳の寿命を得るようになったのである。しかし、まわりの人間が歳をとったり、死んでいくのに娘は若いままだ。周囲から怖がられるようになり、やむなく全国を彷徨うはめになった。こうして場所を転々とすれば歳をとらないことも世間に発覚しない。八百比丘尼は源氏平家の盛衰をまのあたりに見、それを後の人々に伝えるのを喜びにしたと言う。また一説には食したのは人魚ではなく干したアワビとも言われている。あるいは八百比丘尼の好物が誤解されて伝わったものだろう、と本文は結ばれていた。

〈妙な話だな〉

私は背中に薄ら寒いものを覚えた。人魚なら海岸で摑まえたという話にするのが自然だ。

わざわざ山の中に舞台を移す必要がない。しかも干物とは念の入った話である。おまけに貰った本人じゃなく娘が食べたとなれば……小説を書く立場で言わせてもらえば、なんともリアリティの薄い情況設定だ。それだけに事実なのではないかとも思える。異郷の人、とか、別世界というのは宇宙人やＵＦＯを意味しているのではないのか？

つい最近もアラスカ上空で巨大なＵＦＯが目撃されたと大騒ぎになったばかりだ。今では宇宙人の実在もそれほど荒唐無稽な発想ではなくなった。ただの作り話ではなく八百比丘尼は実在した可能性がある。現実の人間となれば、伝説が残っている場所に彼女が実際にきた可能性だって……私はあれこれと想像した。頁を捲《めく》ると古い書きこみがあった。

〈ん〉

私は掠《かす》れた文字を読んだ。

なぜヨシは儂《わし》を夫に選んだのか？

なぜヨシはいつまでも若いのか？

髪の毛が逆立った。

これは猫を殺した先祖が書いたものではないのか？　私は慌てて本の奥付を確認した。明治二十四年。その上に購入年月日が記されている。絶対に間違いない。インクの色が書きこみとおなじだった。曾祖父もその頃は二十前後のはずだが、その当時に結婚していたとしても、まさか妻を「なぜいつまでも若いのか」とは書かないだろう。自分だって若いのである。

〈ヨシってのはあの絵の人だな〉

吐き気が襲った。芳枝があの絵から抜けでたようにソックリなのを思い出したからだ。名前も似ている。

〈冗談じゃないぜ〉

広島からきたと言うのだって怪しい。歳をとらないのを隠すために、自分を見知っている人間が死ぬのをどこかで待っていたのではないか？　誰もいないと確信を抱いてふたたびこの町に舞い戻った。そのときに不審を持たれないように広島の親戚だと偽る。そうすればまた何十年かは安住の地が得られる。

〈しかし……史子はどうなる〉

芳枝とおなじで彼女も歳をとらないのか。

今度こそ体全体に寒気が走った。

芳枝は……史子に化けているのだ。

そうすれば適当な時期に芳枝が亡くなったことにして、史子のまま生きていかれる。親子だから顔が似ているのは当たり前だ。世間も不審を持たない。一人でその土地にいるよりは、二人のフリをしていれば倍の時間をおなじ土地で暮らしていける。転々とするのに嫌気がさして彼女が自然に身につけた知恵に相違ない。

私は布団の中で震えた。

彼女の狙いは干物だったのだ。

八百比丘尼伝説に人魚とアワビの干物が登場するのは偶然ではない。本にもあったように彼女は干物が好物なのだ。もしかすると八百比丘尼の体はなまものや穀類を受けつけない体質に変わったのかもしれない。それで干物問屋を営んでいた先祖に目をつけた。ここには好物の干物が山のようにある。きっと結婚を持ちかけたのは彼女の方だ。何年も暮らしているうちに先祖は彼女に愛情がないことに気づき、こんな書きこみを残した。

そう考えると謎が解けていく。恐らく干物ばかりを食べている彼女の体や着物からは魚臭い匂いが漂っていたことだろう。どこにいくにも猫がつき纏《まと》い……それで……。

〈猫を殺すように頼んだというわけだ〉

そんな彼女と、しかも八百比丘尼ではないかと疑問を抱きながら暮らしていれば頭がおかしくなるのも不思議ではない。先祖はもともとの残虐嗜好《しこう》ではなく、彼女のために狂わされたのだ。猫塚を建立したのだって、本心から罪を恐れていたと考えられる。

〈子孫に何人かの自殺者や鬱病がでたのは〉

私とおなじように芳枝の秘密に気づいたからではないのか？　百年以上も前の話なのに私でさえこんなに震えている。もっと芳枝と身近に接していた人間であれば自殺でもしたくなる。下品な想像だが、私には娼婦を殺した叔父の残虐行為も理解できるような気がした。芳枝に恐怖を持てば持つほど、芳枝が憎くなる。好物の干物だって忌《い》まわしいものに変わっていくはずだ。鬱病の絶頂にいるとき娼婦の陰部を見れば……私は吐き気がした。殺人者の叔父もまた犠牲者だったのだ。

「純一さん……まだ起きてる？」

襖の外から笑いをこらえているような史子の声が聞こえた。いや、芳枝か。

生臭い匂いが感じられた。

「母が読みさしの本を忘れたと言って……私にとってきてくれって、入っていい？」

「それはオレが読んでるよ」

私の返事に史子はしばらく無言でいた。

「どんな本？」

史子は震えた声で訊ねた。

「八百比丘尼が書かれている本だろ」

襖を通して史子の動揺が伝わった。

やがて史子は立ち去った。

私は後悔した。あんなことを言えば私が彼女の秘密を知っていると告白したもおなじだ。

次はどんな態度でくるか分からない。

私は布団から起きだすと服に着替えた。

こんな家には一刻たりともいられない。反対側の襖を開けて廊下にでた。板戸に体が通るだけの隙間を作る。

不意に。

細い腕が私の肩を摑んだ。

振り向くと芳枝がいた。冷たい目で私を睨《にら》んでいる。

「なにをしているの？」

生臭い息が私にかかった。

「あなたには猫の匂いがするわね」

芳枝は私の服に鼻を近づけて匂いを吸った。

「本当に私の血をひいた者かえ？」

芳枝は下から私を見上げた。暗がりに芳枝の顔が青白く見えた。私は悲鳴を上げて庭に逃げだした。芳枝も追いかけてくる。

もう少しだ。あの土堀を越えれば外にでられる。私は必死で走った。

そのとき、私は石に躓《つまず》いた。したたかに砂利に顔をぶつけた。一瞬気が遠くなる。芳枝の駆けてくる足音が耳に響いた。

〈ああっ〉

恐怖の叫びを上げたのは一緒だった。

芳枝が私の直ぐ側で立ちすくんでいる。

私は目を疑った。そんなことはありえない。私と芳枝の足元には何百匹という猫が群れ集まっていた。じりじりと芳枝を屋敷の方に追いやっていく。私は唖然とその不気味な光景を眺めた。機会は今だ。私は立ち上がると土堀に向かった。目の前に黒々とした石碑が建立されている。暗闇で文字は読めないが、私にはもう分かっていた。

そこには必ず「猫塚」と刻まれているはずである。

私を救った猫たちの霊が眠っている塚なのだ。

猫清

一

「少し休んで茶飲み話などしていかんか」

左門《さもん》は来客の応対を済ませて部屋に顔を見せたおこうを誘った。左門の前にはひさしぶりに訪れた春朗《しゅんろう》が画帖を展《ひろ》げている。わずかの間に庭の花を描いたらしい。おこうは覗きこんで感心した。本物より美しい。

「今夜は春朗が泊まる。夕餉《ゆうげ》の支度も頼む」

左門はおこうに軽く頭を下げた。これから葛飾《かつしか》に帰るのは大変だと見ていたおこうも微笑んで承知した。春朗は左門のお気に入りだ。賑やかな夕餉となろう。

「一之進《いちのしん》の戻りは遅くなるのか？」

「特になにもおっしゃらずにお出掛けでした」

だが奉行所の吟味方筆頭与力という役職ではなにが起きるか分からない。真夜中の帰宅となるのも珍しくはない。

「北町に移って間もない。真面目なふりをして見せているのであろう。南町では暇を持て余して将棋ばかりさしていた男だぞ。内勤が性に合っていたとは、案外小者であった」

「筆頭与力のお方を小者とは手厳しい」

春朗はにやにやとした。

「近頃はぶすっとして冗談も言わぬ。よほど無理をしていると見える。体の疲れより気苦労の方が始末に悪い。身内が迷惑する」

「気苦労する旦那とも思えませんが」

「おこうが可哀相だと言っている。倅《せがれ》のやつは己れ一人で踏ん張っているつもりだろうが、本当はおこうの方こそ大変だ。日に二十人がとこ訪れる客の接待をせねばならぬ。役所で偉そうにしていれば済む倅とは大違い」

「そんな……お客さまには慣れております」

おこうは身を縮めた。嫌な座敷にも笑顔で出なければならなかった柳橋時代のことを思えばなんでもない。

「確かにひっきりなしだ」

春朗も頷いた。

「腰を落ち着ける暇もねえでしょう」

そう言っているそばからお房が呼びに来た。

「今日はそなたに用があって来たようだぞ」

腰を上げたおこうに左門は言った。

「蔦屋《つたや》が春朗に美人絵を注文して参った。春朗はそなたを描きたいと言っている」

「私など……困ります」

「一之進にならば遠慮は要らぬ。絵にそなたの名を記すわけでもない。眉も描いた上に歯も白くする。だれもそなたとは思うまい」

すでに春朗と交渉済みらしく左門は勧めた。

「一刻やそこらのことだ。夕餉のあとで構わぬな。儂《わし》もそなたの絵が見たい」

「旦那さまのお許しがなければ……」

「いかぬと言うたときは画帖をそのまま貰えばよかろう。せっかくのことではないか」

はい、とおこうも笑顔に戻して応じた。

二

春朗が線を引くたびに、側で見ているお鈴が驚きの声をいちいち上げる。どれどれ、と左門も覗いて本物のおこうと見較べる。おこうは照れ臭さにもじもじとなった。春朗から渡されて手にしている遠眼鏡も重い。覗いている姿勢なので腕もくたびれる。

「猫はお好きですかい？」

筆を操りながら春朗が質《ただ》した。

「ええ、とても」

「お飼いになっちゃいねえんですね」

「ええ……そうね」

飼いたいのだが言い出せないでいる。武家の屋敷の勝手がまだよく分からない。

「好きなら飼えばよかろう。儂も好きだ」

左門の言葉に喜んだのはお鈴だった。

「よろしいのですか？」

「いかんと思うていたのか？　一之進も猫好きじゃぞ。昔は野良猫の世話をしていた」

「知りませんでした」

「この分じゃとお鈴が世話係りだの」

お鈴は手を叩いてはしゃいだ。

「手頃な猫が見付かればの話だ」

「いくらでも」

左門に春朗が言った。

「ここに参る途中に立ち寄って見て来たばかりで。五、六匹はおりやした」

「そんなにいっぺんには無理であろう」

左門は噎《む》せ込んだ。

「産まれたばかり？」

お鈴が目を輝かせた。

「子猫も居るが、たいていは大きな猫だ」

「なんだ」

「野良猫？」

おこうは首を傾げた。大きくなった猫をくれる者は少ない。

「つい最近まで猫好きに飼われていたんですがね。そのお人が死んでしまって全部が宿無しになっちまった。十五、六匹は居たはずなのに、床下に居ついているのはそれだけだ。食い物欲しさにうろついて三味線の皮にされちまったか飢え死にしたんでしょう。床下のやつらも痩せ細って今にも死にそうだった」

「近所の人が面倒を見てくれないの？」

おこうは辛い顔で訊ねた。

「どいつもこいつも気紛れな野郎どもでね。第一、手前《てめえ》の食い扶持で手一杯だ」

「死んだと言ったが……どんな知り合いだ」

左門も眉間に皺を寄せて質した。

「名の知れた彫師でした。蔦屋の旦那から仕事を貰ったんで半年ぶりに挨拶に出かけたんで……まさか死んだとは思わなかった」

「何歳にあいなる？」

「四十七、八でしょう」

「早いな」

「首縊《くびくく》りに歳は無縁ですよ」

と聞いて左門は吐息した。

「酒の毒が回ってか、一年ほど前から右手が細かく震えるようになってました。手首に石を結び付けた紐をぶら下げて震えを抑えながら仕事を続けていやしたが……とうとうそれも間に合わなくなっちまったんでしょうね。彫師の指が不自由になっちゃおしめえだ。昔は名人でならしたもんです。指が落ち着いていたら今度の仕事を組もうと思ってたのに」

「辛い話だの。武士はもともと大して働きもせぬゆえ足がこの通りでも生きていられる」

左門は自由の効かぬ腿《もも》を苛々と叩いた。

「死んだという噂が耳に入ってこなかった方が哀れでさ。どの版元からも相手にされなくなっていたんでしょう」

「身内は？」

おこうは遠眼鏡を置いて春朗と向き合った。

「ずっと以前はかみさんを持っていたように聞いてるが……今は一人暮らしだった。猫清《ねこせい》って仇名《あだな》の通り、ここ七、八年は猫が身内だ」

「猫清……」

「彫師は仕事柄、背が丸くなる。猫背とも引っ掛けている。本名は清吉さんだったかな」

自信なさそうに春朗は教えた。

「そんなに好きな人が……どうしてだれかに猫の世話を頼まずに死んだのかしら」

おこうは首を捻《ひね》った。自分なら考えられない。子供と変わらないはずだ。

「だから当てにできねえ連中ばかりだと。貧乏長屋で猫さえも食いかねねえ」

「私だったら死にはしない……猫に罪はないでしょうに。残して死ねやしないわ」

おこうは断固として首を横に振った。

「自分が寂しいだけで飼っていたのね」

「ま、たいがいはそうなんだろうが……猫清のとっつぁんは自分の食い物がなくても猫にゃひもじい思いをさせねえってのが口癖だった。でなきゃ十五、六匹も飼えやしねえ」

春朗は弁明した。

「飢え死にしそうだと聞けば放ってもおかれん。飼い猫ゆえ餌の捕り方を知らんのだ」

左門は泣きそうな顔をして、

「あとのことはまたゆっくり考えるとして、明日その猫らを連れて来てはどうじゃ？」

おこうに言った。

「これもなにかの縁というものじゃろう」

「旦那さまがなんとおっしゃりますか……」

笑顔で頷きつつもおこうは案じた。

「儂が飼うと申せばよい。文句は言わせぬ」

左門はぴしゃりと口にした。

三

猫の数が多いので翌日はお鈴の他に菊弥《きくや》も同行した。猫を入れる籠を荷車に乗せておこうと春朗のあとに従っている。本所の貧乏長屋というのだから八丁堀からだいぶ遠い。

「駕籠《かご》を頼めばよござんしょうに」

春朗はおこうの足を心配した。

「猫を引き取りに駕籠で乗り付けたら大仰なものでしょう。それに歩きたかったのよ」

おこうはひさしぶりの気楽な服装《なり》にせいせいした顔をしていた。屋敷ではぞろりと裾を引き摺っていなければならない。今日は体面も憚《はばか》って歯を白くしている。町家の女が猫を貰いにいくという格好だ。

「姐さんもこっちに乗れれば？」

お鈴が荷台から声をかけた。

「二人もじゃ本所に着く前にへばらぁ」

菊弥は余計な口を制して、

「第一、姐さんはいけねえと何度言ったら分かる。歴《れっき》とした奥さまだぞ」

お鈴を振り向くと睨み付けた。

「そもそも奥さまを歩かせて、おめえが荷車ってのもおかしくねえか？」

「あたしは子供だから」

言ってお鈴はぺろりと舌を出した。

「いいわよ。お鈴もたまのことだもの。よく働いてくれているご褒美」

おこうは微笑んだ。風が心地好い。

着いた長屋はひっそりとしていた。こんな貧乏暮らしでは女房も貰えない。その男たちの大方が外に稼ぎに出ている。

「差配がこの裏手に住んでいる。猫を引き取りに来たと言えば大喜びしよう。死んで間もねえからだれも住んでやしねえ。勝手に上がって猫を集めてくんな」

春朗は菊弥を促して差配に会いに行った。

「ほんとに汚ねぇとこだ。糞の混じった溝に鼠の死骸が沈んでいやがる」

菊弥は覗いて鼻をつまんだ。

「これじゃ猫も遠慮するわ」

鼠の死骸をじっくり眺めてお鈴は言った。

「腐った死骸をよく見ていられるな」

「平気よ。鼠とはよく喧嘩した」

「そうか。おめえは納屋に寝泊まりしていたんだったな。鼠なんぞ屁でもねえか」

菊弥はお鈴の肩を優しく叩いた。

おこうは猫清の住んでいた長屋の戸を開けた。饐《す》えた匂いがする。暗い部屋の隅に何匹かの猫が固まっていたようで、おこうが中に入ると同時にばたばたと逃げる音がした。

「大丈夫よ。ほら」

おこうは煮干しの袋をお鈴から貰うと取り出して床の上に撒いた。匂いにつられて猫たちが直ぐに戻って来た。見知らぬおこうに対して微塵の警戒もない。飼い猫で人に馴れていることもあるだろうが、それより空腹に耐えられないでいたのに違いない。

散らばっている煮干しにむしゃぶりついている猫たちにおこうは哀れみを覚えた。数えると五匹も居る。床下に隠れていた別の二匹も慌てて現われた。おこうは煮干しを山盛りにして与えた。手元に置いても平気で寄ってくる。一番小さな猫が屈んでいるおこうの膝の上に乗ってきた。ごろごろと喉を鳴らす。

「甘えたいんだね」

おこうは背中を撫でた。子猫はその掌に頬を擦り寄せた。お鈴も一緒に背中を撫でる。

「可愛いねぇ」

お鈴は嬉しそうだった。この猫たちを温かな屋敷に連れて帰ってやれるのだ。

「みんな首輪をしてる」

お鈴が猫たちを見回して言った。

「この子、ひなって言う名よ」

おこうは布の首輪に結び付けられている小さな木札に書かれた名を読んでお鈴に教えた。

「おひなさまの、ひな」

「そっか、額に黒い丸が二つあるからだ」

お鈴は気付いて子猫の頭を撫でた。

「ひな、ひな」

子猫が張り切ってそれに返事をした。

おこうは子猫をお鈴に預けて他の猫たちに近寄った。子猫の扱いをちゃんと見ていたようで猫たちは喜んでおこうを囲んだ。

「たま」

「まり」

「とら」

「祝吉」

「くま」

「滝太郎」

おこうは木札を見ては次々に名を呼んだ。猫たちは甘え声で応じた。名を呼ばれたのは十日ぶりぐらいのことになるはずだ。

「なんでしゅうきちなの？」

お鈴におこうも首を傾げた。滝太郎も変だ。他の猫は風貌と名がだいたい合っている。まりは子猫の頃から丸々と太っていたのだろう。今は痩せているが丸顔で想像がつく。

「しゅうきちって、狐面みたい」

お鈴はげらげらと笑った。祝吉は自分のことと分かったらしくお鈴に近寄った。頭を撫でてくれと言わんばかりに擦り寄る。

「もう懐《なつ》いちゃった」

ころんと横になって白い腹を見せている祝吉にお鈴は目を細めた。

「まだまだお腹が空いているのよ。早く連れて帰ってご飯を食べさせてあげましょう」

言っておこうは戸口に立っている菊弥に目配せした。籠に入れるのが難儀する。

「七匹とは大変だ」

左門は厨《くりや》に仲良く背中を並べて汁かけ飯を食べている猫を眺めて大笑いした。今日は特別に小鯵《こあじ》を煮て混ぜ込んである。

「お鈴の一日の仕事がこれだけで終わる」

えへへ、とお鈴は頭を掻いた。

「あの差配は銭を受け取っているはずです」

おこうは部屋に戻る左門に従って言った。

「だから安心して猫たちの名を木札に」

「なるほど。自分なら書かずとも承知。飼ってくれる者のために記した名か」

「ちゃんと猫たちの始末をつけたつもりで首を吊ったのでしょう。許せません」

「その差配がか？」

「十八匹に増えていたとか。十一匹がきっと死んでしまったんです」

「だれぞに拾われたやも知れん。猫もそれほど簡単には死なんさ」

左門は春朗の待つ部屋に戻った。

「なかなか可愛い」

左門は猫を見た感想を春朗に告げた。

「おこうさんの言う通りですよ。あの長屋の近くでそいつを教えられていりゃ引き返して差配の野郎を……猫清のとっつぁんは葬式代を差配に残したと言ってやしたからね。その中に猫のための銭も入っていたに違いねえ」

「いまさら言うても仕方なかろう。猫が嫌いな者も世の中には多い」

「けど、頼まれたのなら別だ。とっつぁんも死にきれねえ。おれもあの首輪を見ていながら、なんとも情けねえ話だ。ちっとも気付かなかった。こうしていても腹が立つ」

「おこうは妙なところに気付く者じゃからな。一之進なぞより遥かに頭が働く」

「まったくだ。あのとっつぁんが猫を放って死ぬわけがねえ。迂闊《うかつ》でした」

春朗は何度も吐息した。

「祝吉と滝太郎という名に覚えは？」

自分から話を逸らしておこうは質した。

「祝吉の方は知らねえが……滝太郎は中村滝太郎のことじゃねえのかな」

春朗は少し考えてから応じた。

「近頃人気の出て来た役者だな」

左門に春朗は頷いて、

「ありそうで、ねえ名でしょう。それに、とっつぁんは滝太郎を贔屓《ひいき》にしておりやした」

「そうなの」

おこうは得心した。それなら分かる。

「勝川派の一人が滝太郎を絵にしやしてね。まだ今のように名が売れてなかった頃の話です。その彫をとっつぁんが手掛けた。着物の柄や道具については彫師の裁量で多少の手直しも許されちゃおりますが、顔には絶対に手を加えねえのが決まり。なのにとっつぁんは滝太郎の鼻に黒子《ほくろ》を足した」

「ほう」

左門は興味を抱いた。

「絵師はかんかんに怒ったが、黒子をつけた方がずっと似ている。それじゃ絵師に分がねえ。滝太郎は白塗りの役が多い。だから黒子も見えたり見えなかったり……絵師もうっかりとしていたんですよ。それでとっつぁんの名も高まった。と言ったって仲間うちのことですがね。だれが彫った仕事か世間には伝わらねえ。いずれにしろとっつぁんが滝太郎を贔屓にして芝居を何度も見ていたのは確かだ」

「その絵師というのはそなたか」

「分かりましたか」

悪びれずに春朗は笑って、

「すっかり似せたつもりが、たまたま厚塗りの役で黒子を見落とした。それ以来とっつぁんに頭が上がらなかった」

「そう言えば猫の鼻の頭にも小さな黒子が」

おこうは思い出した。鼻に黒子のある猫は珍しい。それで滝太郎と名付けたのだ。

「大した人でしたよ。朋輩から版元まで何人も目を通した下絵なのに……とっつぁんが見るまでだれも黒子があるとは気付かなかった。楽屋で間近に見たおいらよりとっつぁんの目の方が確かだったということで」

「私も滝太郎は見たことがあるけれど……」

おこうも小首を傾げた。鼻の頭なら目立ちそうなものだが特に記憶はない。

「惜しい者をなくしたものじゃな。春朗がそれだけ言うのなら確かな腕であったはず」

左門に春朗も大きく頷いた。

四

「一之進から滝太郎のことを聞いたか？」

翌朝、おこうが朝餉の給仕に顔を出すと左門は待ち兼ねていたように質した。

「いいえ、なにも」

「役目に関わることゆえ口にせなんだと見えるが……滝太郎が親殺しの嫌疑をかけられているらしい。が、なにしろあれだけの人気役者。奉行所に呼び出して無縁だったとなれば騒ぎが持ち上がる。それで周りから絞り込んでいるということじゃった」

偶然におこうは驚いた。

「夜更けに一之進が部屋を訪ねてきたので春朗と一緒に酒を飲んだ。そのときに出た話だ。猫のことから滝太郎に及んでな……一之進の方が目を丸くしておったぞ」

「親殺しと言えば……」

「そら、半月前の騒ぎだ。親と申したとて滝太郎の母親が後妻に入った男だそうだが……両国広小路の賑わいの中で刺されて死んだ」

ああ、とおこうも頷いて、

「でも滝太郎はその頃大坂興行で江戸には」

「頼んだ殺しと睨んでいるようだ。滝太郎には殺してもおかしくない理由がある」

左門は汁の椀を膳に置いて続けた。

「滝太郎の芸に鼻高幸四郎が惚れて、身内への養子縁組を持ち掛けていた。松本幸四郎の縁続きとなれば役者として安泰と申すもの。滝太郎は下積みから這い上がって来た男。人気があっても先は知れている。滝太郎は二つ返事で応じたものの、義理の親というのが札付きだ。自分と縁切りするなら二百両を目の前に積んで行けと滝太郎に迫った。子供の頃から育てた礼をしろというわけだ。滝太郎は三年でなんとかすると約束したそうだが……奉行所の方はそう見ておらぬ。大坂興行に出掛けているのを幸いに、人を雇って殺させたのではないかと疑っている」

「二百両とはずいぶん乱暴な話ですね」

「だが幸四郎の後押しで立役になると年に百両も夢ではない。滝太郎の方は二百両ぐらいで先行きを棒には振らぬと言い張っているそうな。年に百両ならそれにも頷ける。奉行所が慎重に運んでいるのもそこにある」

「そうですね。滝太郎は無縁でしょう」

おこうもそう思った。人に頼めばあとが怖い。苦労してきた人間なら承知していよう。

「二百両ぐらいのことで、と言うのが豪気だの。役者もなかなかいい商売だ」

「下手人はどうなりました？　確か人込みに紛れて消えたとか」

「わざとぶつかって喧嘩をふっかけた様子もあるらしい。行方は知らぬ。いきなり胸と腹を鑿《のみ》のようなもので刺して逃げた。頬かむりの男がずっと付き纏っていたという聞き込みもある。だからただの喧嘩ではないと役人も目星をつけたのだろう」

「札付きの男なら恨んでいる者も他に……」

「そうに違いない。そうであろうよ」

左門もおこうとおなじ考えだった。


「すっかり馴れましたですよ」

膳を下げて厨に行くとお房が慌てて腰を上げた。猫たちと遊んでいたらしい。おこうはにっこりとした。お房がこういう柔らかな顔をしているのは珍しい。

「滝太郎や祝吉が一番人馴れしていますね。よほど可愛がられていたんでしょう」

お房は祝吉をひょいと抱えた。逃げようともせずに気持ちよさそうにしている。

「私ならこちらを滝太郎にしますのに」

「どうして？」

「顔がそっくり。こう目が吊り上がって狐顔のところが。でございましょう？」

お房は祝吉をおこうの目の前に突き出した。

「お鈴も狐面と言っていたわね」

ぷっとおこうは噴き出した。お房が指でさらに目を吊り上げるといかにもそっくりだ。

「性格もおっとりとして……いい猫ですわ」

しかし、おこうは顔を曇らせた。

「どうかしましたか？」

「滝太郎尽くし、ということになる……」

は、とお房は怪訝《けげん》な顔をした。

おこうの胸はどきどきとしはじめた。

「春朗さんは？」

「ついさっき庭の方に」

おこうは慌てて春朗を探しに走った。

〈きっとたまたまの重なりなんかじゃない〉

おこうは確信を抱いていた。

問題は猫清がいつ死んだかということだ。

五

二日後の夜。

仙波《せんば》の屋敷に中村滝太郎がこっそりと駕籠で乗り付けた。春朗が案内してきたのである。

お鈴も寝ないで玄関で待っていた。

こんな機会は滅多にない。

「仙波の旦那はお戻りだな？」

「さきほどからお待ちです」

滝太郎を気にしつつお鈴は丁寧に応じた。さすがに目も眩むほどのいい男ぶりだ。お房も
聞き付けて慌てて出て来る。

「お連れしましたよ」

春朗はずかずかと上がった。いつもは勝手口だが今夜は滝太郎の先導役である。

「ご隠居さまのお部屋の方に」

お房は教えた。おなじ屋敷でも訪ねた相手が左門と一之進では意味が違ってくる。

滝太郎は不安な顔で春朗に続いた。

お鈴は滝太郎が消えると歓声を発した。

「なんです、はしたない」

「私も今夜から滝太郎の贔屓になる」

お鈴はうっとりとしていた。


「まだ調べがすっかり済んだわけでもねえんだが」

仙波は楽にするようにと滝太郎に言ってから砕けた口調ではじめた。

「おめえの義父《おやじ》さんを手に掛けた男を突き止めた。血のついた鑿も裏庭から掘り出した」

「本当でございますか」

滝太郎は明らかな安堵を浮かべた。これで無縁だったとだいたい想像がつく。

「本所の長屋に暮らしている清吉という彫師だ。あいにくと清吉は首をくくって死んでいる。

両国の一件があって二日後のことだ」

「つまり……罪を恐れてのことですか？」

滝太郎は膝を進めた。仙波のとなりには左門とおこうも同席している。

「そう取るのが当たり前だろうが……おめえ、彫師の清吉と聞かされても心当たりはねえか」

まるで、と滝太郎は首を横に振った。

「おめえの本名は祝吉だな」

「それがなにか」

滝太郎はぎょっとした。いきなり本名を訊ねられてはだれでも驚く。

「清吉は猫清と仇名されるほどの猫好きだった。十八匹も飼っていた」

ますます滝太郎は困惑の顔となった。

「その中に祝吉と滝太郎という猫が居た」

「そ、それはいったい……」

滝太郎は絶句した。唖然としている。

「人気役者のことだ。滝太郎と名付けて飼っている贔屓筋もいようが、祝吉までとなりゃ、おめえと無縁とは思えねえ。その猫をうちで預かっているが、いかにもおめえとそっくりな顔をしている。見せてやろうか」

「あたしはなんの関わりもございません」

滝太郎は必死で弁解した。

「分かっているよ」

仙波は笑って、

「おめえはなんにも知らねえことだ。清吉が勝手に名付けて可愛がっていたのさ」

「なんでその清吉とやらが?」

「お袋さんはおめえになんにも教えずに亡くなったらしいな」

仙波はじっと見詰めた。

「すると……もしかして!」

「そうだ。清吉はおめえの実の親父さんさ。大昔に別れた女房の名がおゆりということは、ここに居る春朗が仲間うちから聞き出した」

「あたしの母親の名です」

滝太郎は大きな溜め息を吐《つ》いた。

「親父さんは一年前から右手に震えがきて彫師として満足な仕事を続けられなくなってい

た。思い詰めていたのもあったんだろうが、そこにおめえの噂を耳にした。育ててやれなかった罪滅ぼしに親父さんは今度の一件を企んだんじゃねえのかい。おめえさえ実の親とは知らねえ。繋げる糸はなに一つなかろう。役目を果たした上で首をくればだれにも分からねえことだ。おめえはそれで幸せな道に進めるということさ」

「ずっと放っていた親父が、ですか」

滝太郎はふわふわとなった。

「子を思う気持ちだけは変わらねえ。猫におめえの名をつけて可愛がっていたのでも想像がつく。特にその二匹が贔屓だったようだ」

「あたしのために親父が……そんなことならなんでもっと早く名乗ってくれなかったんです。あたしだって親父のことを……」

滝太郎は皆の前も忘れて泣いた。

「昔に春朗がおめえの似顔を描いたことを忘れちゃいめえ」

「もちろん、大事にしまってあります」

滝太郎は涙顔を上げて頷いた。

「親父さんが彫ったものだ。鼻の黒子は親父さんが付け足したもんらしいぜ」

「知りません……でした」

滝太郎は鼻水を啜《すす》り上げた。

「実の親じゃねえかと気付いたのは女房だ。猫の名が糸口となった。猫清に相応《ふさわ》しい成り行きというものだ。庭の鸞が見付からなきゃ、おめえがいつまでも疑われていただろう」

「この先どうなりますので？」

「おめえ、猫が好きか？」

「はい」

「そいつも血ってやつだ」

仙波はにやにやとして、

「清吉がおめえの実の親だと世間に広めることもなかろう。本当に無縁のことだったんだ。しかし……うちに七匹はきつい。その相談でおめえを呼んだのさ。祝吉とひなは女房も放したがらねえ。残りの五匹、おめえに預かっちゃもらえねえもんかの」

「親父が可愛がっていた猫たちです。親父と思って大事に面倒を見させていただきます」

滝太郎はそれから嗚咽した。

「やれやれ、これで安心したぜ」

仙波は胡座《あぐら》にかき直して、

「昨夜はおれの蒲団の上に七匹が揃って寝にきやがった。お陰で親父に組み伏せられる夢を見た。こいつが毎晩じゃ堪らねえ」

「でも今夜からはきっと寂しくなります」

おこうは残念そうな顔をした。

「まったくおめえの睨みは大したもんだ」

仙波の方はおこうに惚れ直した顔をした。

猫三代記

私たち人間には分からないことが猫の世界にはあるのだろう。もしかすると私たちが想像している以上に猫たちの世界は秩序が保たれ、コミュニケーションがとられているのかも知れない。

あの当時は渦中に巻き込まれていたので、あれこれ考えることもなかったが、今思い出すと確かに猫たちの間になにか和解とか密約のようなものが交わされたとしか思えないほどに、すべてがすんなりとおさまったのである。

今住んでいる家を新築し、引っ越して間もなくのことだ。飼っている二匹の猫と、前々からこの辺りを縄張りとしている野良猫たちとの間にお定まりのバトルがはじまった。しかも相当に複雑な展開をともなって、である。ウチの飼い猫は当時七歳のオスのホクサイ、そして五歳のメスのフミちゃん。このフミちゃんというのがかなりのやんちゃ娘で、野良猫の姿を窓から見掛けると、大した関心もないのに悩ましげな声を上げて誘う。それで次々に近所の野良猫が集まってくる。新しい環境に踏み込んだばかりで、テリトリーを必死に作ろうとしているホクサイにすればたまったものではない。しかもホクサイは首を紐《ひも》で繋《つな》がれ庭の一画しか自由に動き回れない身だ。噛み付けば相手に感染させる菌を持っているらしいので、外に出すときはやむなくそうしていた。それでますます我が家は野良猫たちの興味の的となった。飾り窓の女のように妖しく誘う猫と岩窟王のごとく囚《とら》われの身となっている猛者《もさ》が揃っているのだからこれは見物だったろう。

庭からはしばしばホクサイの威嚇の声が聞こえた。野良猫の目から見れば七歳のホクサイは恐らく大長老。威嚇だけでたいがいは逃げて行く。

そこに恐れ知らずの若い野良猫が現われた。黒く引き締まった体で鼻の周辺だけが白い。彼はホクサイの正面に立ち、シャアッ、シャアッと逆に威嚇する。組み合えばホクサイの方が断然に強いが、追いかけてこられないのを承知なので決して怯《ひる》まない。その威嚇合戦がおよそ一月も続いただろうか。あろうことかフミちゃんが彼に惚れ込んでしまったようなのである。ま、なんとなくその気持ちは分かる。何度もホクサイに組み伏せられながら、諦《あきら》めることなく戦いを挑む姿勢は見ていて私にも凛々《りり》しいものに映《うつ》った。その勇気は他の野良猫たちにも通じたらしく、いつしか彼は周辺のリーダー的存在となった。実際私は真夜中にゴミ出しに出掛け、数匹の猫を率いた彼がゴミ漁《あさ》りの指図をしているのを目撃したこともある。

ホクサイとの正々堂々たる戦いぶりで尊敬を勝ち得たことは間違いない。

その頃には私も家内も彼を好もしく感じるようになっていて、ときどき缶詰などを与えていた。フミちゃんがそうしてくれと頼むからだ。ホクサイに後ろめたい気持ちはあったが、なぜかホクサイも彼との戦いを楽しみとしているような気もしていた。

そんなある日。

彼が痩《や》せ細った子猫を従えて現われた。先夜、私がゴミの集荷場で見掛けたチビである。彼は私と家内を見上げ、本当に拝むような顔をした。ご飯を食べさせてやってくれということらしい。もちろん私たちは二匹分与えた。チビは嬉しそうに食べた。彼はそれをじっと見ている。

その真夜中、玄関前で小さな鳴き声がするので出てみたら、チビが蹲《うずくま》っていた。彼がチビを私たちに預けたとしか思えない。思わず抱えて家に入れたものの、心配はホクサイだった。チビは彼の配下である。なのにホクサイはすべて承知のような顔をしてチビを受け入れた。フミも同様だ。

どうにも不思議でならないホクサイとフミの態度だったが、その翌日から彼はピタリと姿を見せなくなった。それがホクサイと彼との間で交わされた和議の条件だったのではなかろうか。

ホクサイは亡くなってしまったけれど、タマゴと名付けたチビは今も私の側で鼾《いびき》をかいている。

タマゴ当年十四歳。

猫たちに

感謝したいことや謝りたいこと、あるいは教えられたことがいくつもある。なにしろこれまでに四匹、四十年近くも猫とともに暮らしてきた。今はこの原稿を書いている間も私の膝の上に乗って薄目を開けながら寝ているタマゴという名の牡猫《おす》だけとなったが、先に逝《い》った三匹を忘れたことは一度もない。

タマゴ君よ、四十年近くも前なのでおまえはもちろん会ってもいないが、私とお母さんはピーコという牡猫を飼っていた。東京の杉並区永福町に住んでいた頃だ。ペットは禁止のアパートだったのに、よかったら、と友人が連れて来た子猫の愛らしさに負けて後先も考えず貰《もら》ってしまったのだ。小さな声だったたし、握り拳くらいの大きさだったのでなんとか隠し通せると甘く見たんだね。でもピーコはたちまち大きくなり､元気な声を上げるようになった。私とお母さんは毎日冷や冷やしながら犯罪者のように身を縮めて暮らした。月に一度、管理人が家賃を取りに来たときはピーコを押し入れの布団の奥に押し込んでやり過ごした。今でもあのときのびくびくした気分やピーコへの申し訳なさが胸を締め付ける。ピーコになんの罪もないのに、私たちはあの暮らしにへとへとになり、結局一年も保《も》たずピーコを札幌のお母さんの実家に預かって貰った。いずれ一緒に暮らせるアパートを見付けてピーコを引き取るつもりでいたのだけれど、私はまだなんの未来も見えないときだったので、ついそのままとなった。ピーコが元気にしていると聞かされ、その方がピーコのためにもいいのだと自分に言い聞かせた。でも、それは自分の無責任さに対する言い訳に過ぎない。ピーコが三歳やそこらで亡くなったとき、すべての責めは私にあると思った。ピーコはどんなに私たちとの別れを悲しんだのだろう。亡くなる直前、ピーコは私のことを少しでも思い出してくれただろうか。幸せに育ててやることもできないのに、気紛《きまぐ》れから飼い、翻弄《ほんろう》させてしまった。お母さんは無理だと最初から案じていたんだよ。でも飼ってしまったからには仕方がない。必死でピーコを育て、愛していた。なんとかなる、となんの根拠もないのに、猫好きのお母さんを喜ばせたくて引き取ったのは私だ。恨《うら》むなら私一人を恨め、と私はピーコの眠る土に手を合わせた。それだって私の身勝手な弁明だ。

それがあって私は猫を飼うことは二度とすまいと心に決めた。猫に飼い主を選択する自由はない。ピーコを不幸に巻き込んだ私にはそんな資格などないと思った。タマゴ君には信じて貰えないかも知れないが、私は本心からピーコを愛していた。それでも育て通してはやれなかった。猫を飼うにはすべてを投げ出すくらいの覚悟がないといけない。

タマゴ君が二年ほど一緒に暮らしたことのあるホクサイを飼うまでには、だからピーコの死から数えると十五年が経《た》っている。なんとか念願だった物書きとなることができ、収入もそこそこ安定した。猫を飼っても絶対に不幸にはさせないという自信が私たちにあってのことだった。ピーコへの償《つぐな》いの気持ちもどこかにあったんだと思う。ホクサイを飼いはじめて二年も過ぎないうちにフミちゃんを家族に加えたのがそれだ。ピーコには返せないが、たくさんの猫を幸せにしてやることで、きっとピーコの魂が安らぐ。自分は自分で、余計なことだとタマゴ君は腹を立てたに違いないけれど、私は君たちの後ろにいつもピーコを重ねてきたんだよ。ホクサイとフミ、そして君が三匹たまたま一緒に固まって眠っている写真にピーコの、たった一枚しか残されていない写真を仲良く合成して仕上げたのもそういう気持ちからだ。

もしかするとピーコは天国でホクサイとフミに兄貴風を吹かせているかも知れないね。

そうだったらどんなに嬉《うれ》しいだろう。

ピーコは天国で長い間眠り続けていたから、
「オレぜんぜん眠くないもんネ。もっと遊ぼうよ」
とホクサイとフミに呼びかけている。

猫の背中を撫でながら

仕事部屋の椅子に胡座《あぐら》をかいて座っている私の、その膝《ひざ》の上に丸々と太った飼い猫のタマゴがごろんと乗っかって気持ちよさそうに寝息を立てている。もう一時間近くもこの状態が続いている。たばこを吸えば男らしくギロリと片目を開けて睨み付けるし、ワープロのキーボードをカチャカチャさせるとうるさそうに耳を動かす。脚が痺《しび》れて組み直せば、落ちないように容赦なく爪《つめ》を立てて姿勢を保持する。本当に忙しいときはわがままを許してもいられないので抱き上げて床に戻すのだが、今夜はこの短い原稿を纏《まと》めるだけだ。せっかくの眠りを妨げたくはない。

それにしてもどうしてこんなに安心しきった顔で寝ていられるのだろう。私とタマゴは他人どころか他種なのだ。猫の勇気というやつをつくづくと感じる。タマゴから見れば私はきっと恐竜ほどの巨大な生物に違いない。私は果たして恐竜の膝の上で熟睡できるだろうか。言葉さえ通じない相手である。しかも獰猛《どうもう》な肉食動物。いつ寝込みを襲われるか知れたものではない。背中を撫《な》でている手がそのまま首に回らないとも限らない。私にはとてもできそうにないことだ。猫という種族がそういう部分に鈍感というのなら分かるが、反対に警戒心旺盛な方である。もう一匹飼っているフミは来客があるたびにパニックとなってどたばた家中を逃げ惑う。となるとタマゴは私をよほど信頼してくれているとしか思えなくなる。ありがたいことだ。

歳を取ると疑心暗鬼が渦巻く。人の好意の裏には必ずなにかあると勘繰《かんぐ》り、すべての言葉を社交辞令とか世辞としか思わず、陰口を囁かれているような妄想にとらわれ、自分が醜く感じられる。嫌だ、嫌だと思いつつどうにもならない。だからこそタマゴの私への信頼が嬉《うれ》しくなる。こんな汚れ切った私でも、純粋な猫の信頼に足るなにかがまだ残されているということだ。もっとも家内に言わせると猫は単純に快適な場所を見付け出す名人で、夏だと漬物石の上にだって眠るそうだ。つまり私の膝の上を暖房座布団にしか認識していないと言うのだが、そうは思いたくない。現に背中を撫でると嬉しそうに喉を鳴らす。このタマゴとフミが側に居てくれたからなんとか乗り切れたということも多い。

実を言うと十カ月ほど前、我が家に最大とも言うべき危機が襲いかかった。家内が重い病いに罹《かか》り、七カ月もの入院を強《し》いられたのである。私たちには子供がなく、家内が居なくなると当然一人暮らしとなる。不便のあまりホテル住まいまで考えたが、家には二匹の猫が居る。その面倒を見なくてはならない。致し方なし、という気持ちで家にとどまった。が、そのうち猫たちに私が勇気づけられる形となった。猫はなにがあっても動じない。家内が居ないのにも耐え、せっせと食事をし、家の見回りに精を出している。毎日のように病院に出掛け、戻ればそこにはいつもの日常が待っている。二匹が別々の暗がりから駆けて来て私を迎える。食事の支度をしてやるうちに私の気持ちが上向きとなる。もし二匹が居なければ私はホテルでさぞかし落ち込んだ月日を過ごしたに違いない。

ペットは人間がエゴで飼っているという意見を近頃耳にするけれど、私はタマゴやフミとの出会いを運命としか思っていない。亡くなってしまったホクサイという猫には生きることの大切さを教えられた。最期まで立派に病気と戦って死んでいったのである。ホクサイは私の親友だったと今でも思っている。

ホクサイが死んでしまいました。

本当に突然のことでこちらも平静を保つことができず、この二日、ぼんやりとばかりしています。

異変の兆しは去年の十二月中旬辺りでした。苦しそうな息遣《いきづか》いを続けるのです。その時点で直ぐに病院へ連れて行けばと悔やまれますが、なんとなく病名がピンときて、結果を知らされるのが怖かったのです。ホクサイは何年も前から肺に障害があって永くは生きられないだろうと獣医さんに宣言されたことがあったのです。それで、とうとうその日が来たのだな、と思い込んでしまいました。

どうせ治らない病いなら、自分たちの側《そば》で静かに死なせてやろうと思いました。しかし、その息遣いの苦しさが取れないのを見ていると我々の考えも変わりました。ホクサイは言葉が言えないので、もしかして本心では病院に行きたがっているのでは、と思い付いたのです。正月の松が取れるのを待って病院に連れて行きましたが、肺に異常は見られないと言われました。息遣いの苦しさは甲状腺に原因があるのでは、という診断結果に大喜びしたのも束の間、正式な検査をもっと大きな病院でした方がいいと勧められ、気軽な気持ちで検査を頼みに出掛けたら……そこでも首を捻《ひね》られ、最後の方法として口腔《こうくう》内を内視鏡で見てみようということになりました。

十八日が検査と決まり、その日は朝早くから病院に連れていって付き添いました。麻酔をかけての検査なので万が一の心配もあります。ようやく麻酔が効《き》き、医者が覗《のぞ》いた途端、あっという声が上がりました。気管の奥を九割ほど塞《ふさ》ぐ形で腫瘍《しゅよう》ができていたのです。緊急手術ということになりました。手術は四時間近く続いたでしょうか。経過報告を聞くたびにホクサイの辛《つら》さを思ったり、希望に胸を膨らませました。なんとか大手術に耐えているようでした。そして午後遅くにようやく終わりました。腫瘍は癌《がん》でしたのでコバルト照射も済ませたホクサイが入院室に戻ってきました。呼吸を楽にするために胸部に大きな切開を施され、なんとも痛々しい姿ではありましたが、ホクサイは麻酔から覚めつつあり、私と家内の方を必死で見詰めていました。

その夜がヤマと聞かされ、後ろ髪を引かれる思いで病院に預けてきたのですが……明け方に電話が入りました。やはり駄目でした。直ぐにホクサイを引き取りに向かったのですが、ホクサイは本当に安らかな顔をして眠っていました。

しっかりと胸に抱いて家に戻りました。ホクサイが好きだった庭やあちこちの部屋を抱いたまま見せてやりました。あと二カ月で十四歳の誕生日でしたので猫としては長生きだったかも知れません。けれど、私にとってホクサイが共にいた十三年と十カ月は物書き人生の大半でもあります。ホクサイは常に私の膝《ひざ》や背後のソファに居て仕事を見守ってくれていました。それを思うと、長生きだったね、と声をかけてやることもできませんでした。なんでホクサイばかりが先に行ってしまったのかと寂しさがつのります。

今、ホクサイは小さな骨となって私の側におります。親しい人が亡くなれば、魂が必ず側で見守ってくれるのだから、と言って身内を慰めていた私ですが、不覚にも小さな骨箱を抱いて何度か号泣しました。小説の主人公とは違う自分の弱さをつくづくと知らされました。ホクサイに支えられていた自分、という実感にも襲われます。

これからの何日かはこの落ち込みが続くとは思いますが、なんとか踏ん張っていつもの自分に戻る気でいます。

ホクサイを可愛がってくれてありがとうございました。

ホクサイや

ホクサイとは猫らしからぬ大仰《おおぎょう》な名だが、これには歴《れっき》とした由来がある。一九八七年に私は『北斎殺人事件』で日本推理作家協会賞を頂戴した。その授賞式に家内ともども上京し、盛岡に戻ったその足でペットショップに立ち寄って購入した猫なのである。夫婦揃って大の猫好きだったが、ペットを飼えば生活が縛られる。旅行もままならない。それで諦《あきら》めていたのだけれど、受賞を契機に仕事の注文も増え、どうせ家に閉じ籠《こも》りきりの毎日となる。新幹線の中で相談してのことだった。

買うならアビシニアンと決めていた。運良くその店にアビシニアンが居て即座の決断となった。名も家までのタクシーの中で決めた。『北斎殺人事件』で得た賞金で買ったのだから、ホクサイである。

そのホクサイはたちまち我が家の看板息子となり、壁や家具の破壊王となり、近隣のさすらい者となり、雀取り名人となり、生傷の絶えない殴られ屋となり、月に吠える恋の狩人となり、恐らくは蒸した鶏のささ身を食した数ではギネス級の記録を残し、私が興《おこ》したホクサイ企画という会社の名誉会長におさまり、私の膝《ひざ》の上でゴロゴロ喉《のど》を鳴らし続けた総時間はたぶん二万時間以上に及び、二日以上の失踪は五十回前後。我が家の中心的存在として君臨し、二〇〇一年の正月に十四歳で亡くなった。

八年も過ぎたのに、その悲しみからまだ完全には抜け切れていない。喉の奥にできた腫瘍の切除手術に踏み切ったのは私で、それがいまだに大きな悔恨となっている。しなければ余命は数カ月。したとしても手術の成功率は三十パーセント程度と医者に言われた。が、ホクサイはもはや大好きなささ身ですら食べられなくなっている状態で、ただソファの上に丸くなってばかりいる。私がもしホクサイであれば、手術してくれと願うのではなかろうか。この苦しみのまま数カ月過ごす方が辛《つら》い。私の説得に家内も泣きながら同意した。

しかし、手術は無駄となった。

手術は無事終えたものの、その真夜中、容態が急変して、だれも知らぬうちに旅立ったのである。知らせは朝になってから受けた。人間とは違う。病院の親切な配慮だったのだろうが、五時間も前に亡くなっていたと聞かされて不覚にも嗚咽《おえつ》してしまった。手術を終えて麻酔で朦朧《もうろう》としつつも私と家内の声に虚《うつ》ろな顔を向けたホクサイの安堵《あんど》の様子が蘇った。手を握ったらギュッと握り返した。喉には呼吸するための弁が取り付けられていて痛々しかった。

あの姿のまま死んでいったと想像したら涙が溢れた。十四年も一緒だったのに、肝心のときに私はホクサイの側《そば》に居てやれなかった。手術さえしなければホクサイはきっと私の膝の上でゴロゴロしながら死んでいったに違いない。

カチカチに固まったホクサイを受け取ったときは世界から色が失われた気がした。自宅までのタクシーの中で強く抱き締めて私の体温を移そうとした。真っ直ぐ伸ばした手がそのままの形で戻らない。苦しくて踏ん張ったのだろう。私はどうなるのか、と不安だった。ホクサイは仕事中の私が好きで、いつも膝に乗ってワープロのキーを叩く音を子守歌にしていた。たくさんの小説はホクサイとともに書いた。おまえが居なくなったら、だれと一緒に小説書くんだよ。骨が折れそうなほどホクサイの体を胸に押し当てた。

その悲しみは火葬を済ませても続いた。

墓を作ってやる気持ちになれない。

土の下は寒いだろう。雨が降れば沁《し》みていく。なにより私たちから遠く離れた場所では寂しいはずだ。ホクサイの骨壺をワープロの傍《かたわ》らに置いて私は埋葬を拒否した。けれどその骨壺を見ていると仕事ができない。完全なペットロス症候群だ。手術さえしなければまだホクサイは私の側に居た。原因は私にある。その自責が心臓をきりきりと締め付ける。呼吸も上《う》手《ま》くできない。そんな状態が三カ月。どうやってそれから抜け出せたのか、自分でもよく覚えていない。

いや、本当は抜け出ていなくて、ごまかしているだけだ。骨壺は今も机の引き出しに入っているし、ホクサイの写真をじっくり眺めることもできない。

ホクサイや。

おまえと暮らした十四年が、私の人生の中でとても大切な日々だったことを今しみじみと感じている。

手術は苦しかったろう。ごめんな。

タマゴが来た夜

平成六（一九九四）年だから、ずいぶん前のことなのに、あの寒風の吹きすさぶ一日のことは奇妙によく憶《おぼ》えている。そろそろ冬の時節となる十一月も中旬のころで、昼から二匹の飼い猫の様子が慌ただしくなった。どたどたと家中を走り回り、窓という窓から必死に外を眺める。これは我が家の庭か裏口周辺にオスの野良猫が侵入したに違いないためで、しかし二匹の猫の慌てぶりは正反対に異なる。オスのホクサイは自分のテリトリーに外敵が現れたので威嚇の唸《うな》りを発しながらの警戒態勢であり、メスのフミは新たなオスの登場に欣喜雀躍《きんきじゃくやく》とし、甘い鳴き声を上げての歓迎姿勢だ。それが私と家内の足元をばたばた駆け回るのだからうるさいことこのうえない。ホクサイの威嚇に応じる形でシャーッと鳴いたその声で、私と家内はいつものシャーッが来たのだと分かった。まるでゴジラが火を吐くような派手な唸り声を立てるからそう命名したのだが、そのくせ強くない。きっと近辺では一番弱いのだろう。いつもふらふらした足取りで腹をすかせている。それで私と家内が毎日食事を与えていた。しかし、それだとて本当にシャーッの口に入っていたかどうか。あるときなど、食事を出した直後に猫の気配がするので台所の窓からそっと覗《のぞ》いたら、大きな猫ががつがつと食べていて、その後ろにシャーッがちょこんと座って悲しそうな目で見ていた。自分に出されたものと承知していながら、踏ん張れないのだ。大きな猫が去ったのを見て、また出してやったが、シャーッは私や家内に絶対慣れない。シャーッと威嚇して毛を逆立てる。私が食事の入った皿を手にしているのを分かっていながら、だ。それが野良猫の性《さが》と言えば言えるが、今思うとシャーッは悲しくて怒っていたのかもしれない。家には二匹の猫がのんきに暮らしている。なぜ自分はそうでないのか。シャーッは我が家の一員になりたかったのだ。が、無理な相談だった。なぜかホクサイはシャーッを天敵と見なし、庭で遭遇でもすれば徹底的に痛めつける。ホクサイもたぶん強くはないほうで、自分が唯一勝てる相手だから喧嘩《けんか》が楽しくて仕方なかったのだろう。シャーッを飼えばどうなるか分からない。シャーッのためにも我慢してもらうしかなかった。

あら、と窓際に立った家内が声を上げた。シャーッが別の猫を連れてきていると言う。私も覗いた。痩《や》せこけたチビ猫がシャーッの隣にちんまりと尻を落としている。ホクサイはパニックに陥って私と家内の間で叫び続けている。フミも来て歓迎の挨拶《あいさつ》をする。そのチビ猫がつい二日前に真夜中のごみ捨て場で見かけた猫であることを私は思い出した。よほど腹をすかせていたらしく、捨ててある弁当に夢中で私の接近にもまるで気づかなかった。気づいたときには目と鼻の先で、チビ猫は逃げることもできずただ怯《おび》えていた。私はしゃがんでしばらく見つめた。そうしたら少し落ち着いて、そろそろ後退して逃げていったのである。

そういえば、と家内が口にした。

「シャーッは昨日もこの子を連れてあちこち歩いていたわよ」

「だったらはじめてできたシャーッの子分か」

それで納得できた。この子にも食事を与えてくれと言っているのだろう。

しかし違った。

シャーはそれきり立ち去り、庭にはチビ猫だけが残された。出ていくと、警戒して遠ざかり藪《やぶ》や車の下に隠れる。ホクサイが窓に額《ひたい》をくっつけて威嚇を繰り返す。それが夜まで続いた。寒風が酷《ひど》くなる。こちらも気になるものだから庭を覗く。チビの姿がない。シャーッのところへ戻ったとばかり思ったら、玄関ドアに頭を寄せて身を縮めて寝ていた。どうやらここを我が家と定めたらしい。これは運命だ、と私は思った。飼おうと言っても家内は首を横に振った。あんなに小さければホクサイがなにをするか分からない。オスのようなのでテリトリーに簡単には入れないはずだ、と。確かにホクサイの唸りの激しさを聞いていればそんな不安もある。とりあえずこのまま明日まで様子を見ようということになった。私は仮眠を取った。真夜中に起きて仕事をするのが習慣となっている。二時に起きて一階に下りたら、玄関マットの上にチビ猫が安心した顔で寝ていた。家内が結局迎え入れたのである。嬉しくてチビ猫のそばに立った。チビ猫は私を見上げた。もう警戒がない。人間の目玉で言えば白目のところの色が柔らかな卵の黄身の色に似ている。「おまえ、名前はタマゴだな」、そう言って頭を撫《な》でたらごろごろと喉《のど》を鳴らしてすり寄ってきた。それにしても酷い臭《にお》いだった。生ごみの臭いだ。私は片手で抱いて風呂場に連れていった。相当暴れられると覚悟していたのに、タマゴはシャワーにあまり驚かなかった。つい最近まで人に飼われていた猫だと確信した。でなければありえない。そういう猫が生ごみの臭いの染み込んだ体となっている。むしろタマゴはぬるめのシャワーを喜んでいるようだった。二度洗ってバスタオルで丹念に拭《ふ》いてやる。乾いたタマゴの体からは子猫の甘い匂いがした。ホクサイはどうしたんだろう、と突然思い出した。ホクサイの名を呼んだら、すぐ間近で返事が戻った。どこかに隠れて様子を見ていたらしい。すっかり可愛くなったタマゴを見せてやった。とことこと近づいてきたホクサイはタマゴの匂いを嗅《か》いで、ぺろぺろと優しく頭を嘗《な》めた。どういうわけか知らないが、ホクサイはタマゴを受け入れたのだ。

その夜からタマゴは我が家の一員となった。

と同時にシャーッは消えた。

食事を出し続けても現れなくなった。

それが今でも分からない。

もしかするとシャーッは、そういう条件でホクサイにタマゴのことを託したのかもしれない。自分が消える代わりにこのチビのことをよろしく頼む、と。

でなければホクサイの鷹揚《おうよう》な受け入れも理解できない。猫たちには猫たちの社会があると気づかされた出来事だった。

ホクサイは数年前に亡くなってしまったが、タマゴはホクサイのまねをして私の真夜中の仕事につき合い、フミも元気で暮らしている。

ホクサイ・フミ・タマゴ

愛猫《あいびょう》ホクサイを失った哀《かな》しみをまだ引き摺《ず》っている。書斎にホクサイを抱いた写真を飾っているのがいけないのかもしれない。仕事の合間に目がつい写真に向けられる。ホクサイは私の膝《ひざ》に正面を向いた格好でちょこんと座り、私がホクサイの右手を取ってカメラマンに無理に手を振らせているというポーズだ。それが今はカメラマンでなく私に手を振っているように見える。

もう少し生きられたかもしれないのに、私の決断で喉の腫瘍《しゆよう》の手術に踏み切った。呼吸困難で咳《せき》ばかり繰り返すホクサイを見ているのがつらかったのだ。手術は成功したかに見えたが、体力が限界だったのか、その日の夜中に、入院中の病院で息を引き取った。付き添っていなかったから苦しんで死んだのか穏やかな死だったのかも分からない。朝に引き取りに行ったときは体がもうかちかちになっていた。手術が終わった直後の、麻酔に朦朧《もうろう》としながら私の声を聞きつけ、必死で捜していた目が忘れられない。あんなことになるなら手術などすべきではなかった。いつも寝ていたソファで死なせてやりたかった。十三年間毎日眠っていたソファである。病院の狭いケージの中で一人死んでいった、と想像すると胸が詰まる。

亡くなってからは、その後悔に苛《さいな》まれて仕事ができなくなった。ソファは私の書斎にある。どうしても思い出す。仕事の最中は邪魔になるほど私の膝に乗ってきて、ワープロのカーソルの動きを嬉しげに見ていた。カチャカチャとキーボードを叩く音がホクサイにとっては子守歌だった。まるでホクサイが乗り移ったかのように私も呼吸困難に陥り、ついには仕事部屋を別の部屋に替えた。ふたたび二階の書斎で仕事ができるようになったのは半年後くらいだったろうか。

たかが猫、と言うが、十三年間の同居は重い。親バカの典型で、ホクサイが世界で一番可愛い猫と信じ込み、気に入りの写真をテレホンカードに仕立てて知人や担当編集者にばらまいたこともある。

もしホクサイの下にフミというメス猫とタマゴというオス猫が居なかったら、立ち直るのにもっと時間を要したに違いない。特にタマゴには感謝している。家の玄関先に空腹でふらふらの状態で居座り、仕方なく飼うことにした猫だが、どういうわけかホクサイが可愛がり、いろいろと面倒を見てやっていたのだ。

猫は自分勝手と言うが、それは違う。タマゴはちゃんとホクサイへの恩義を感じていた。

病院から引き取ってきたホクサイを気に入りの椅子《いす》に寝かせて通夜をしてやったのだが、タマゴはホクサイのそばから離れず、ときどき体を嘗《な》めてやったりしていた。と同時に自分がホクサイの役目を引き継がなくてはならないと思ったのだろう。それまではホクサイに遠慮して絶対に膝に乗ってはこなかったのに、私がなんとか立ち直り、書斎で仕事をはじめた途端、ぴょんと飛び乗ってきた。ホクサイと同様にカーソルの動きを眺め、ごろごろと喉を鳴らして甘える。遠慮、と言うより、本当はそれをしたかったのにホクサイから叱られていたのかもしれないけれど、私には「今日からホクサイ兄さんの代わりを務めます」とタマゴが宣言したように思えてならなかった。

今もタマゴは机の上にごろりと寝転びながら私のキーボードを叩く指を眺めている。ときどき思い出したように私が頭を撫でてやるのを待っている。そのタマゴだって我が家の住人となってすでに八年だ。野良猫だった子猫の時分によほど怖い目に遭ったらしく、家から外に一歩たりとも出ようとしない。なにかトラウマを抱えているのだろう。といって気弱ではなく、むしろ勝ち気な性質だ。いたずらを繰り返すので見ていて飽きない。

猫たちにこそありがとうと言いた。

救われているのは私のほうである。

ホクサイ十四年、フミ十九年、タマゴ十九年。三十数年に及ぶ私の作家生活の大半を共に歩んでくれた我が家の子供たちの享年である。

壁に爪《つめ》を立ててよじ登る。カーテンをズタズタにする。強烈な臭いのおしっこをかけて壁やソファをめちゃくちゃにする。花瓶を倒して壊す。腕時計を二個無くする……。

ホクサイは凄《すさ》まじかった。家を修理するなら壁を全部取り替えなければならず、結局家一軒をホクサイに壊されたようなものだ。新築の家を設計するとき一番最初に考えたのは、前の家の轍《てつ》を踏まぬようホクサイ対策をいかにするかだ。一階の部屋の壁を腰の高さ辺りまで板張りにして、爪が立たぬよう頑丈な塗装を塗ったが、ホクサイが没して十五年経つ今も部屋の至る処にホクサイの痕跡が残っている。

フミとタマゴが家の子になったのもホクサイとの深い因縁《いんねん》か、運命か……。ある日、生まれてまだ一カ月ほどのノラの子猫が家の玄関の前でミャーと鳴いて居座り始めた。猫が一匹だけ迷い込むということはふつうはない。私は直感的にホクサイの子ではないかと思った。

さすらいの猫であったホクサイはふらっと出て行っては二日以上帰ってこないことがよくあったのだ。外で産ませた子に違いない。それでホクサイが自分の子を玄関に連れてきて、「ここで待て」と言ったのではないか。そうでなければ、あまりにも素直に家の子になった理由が考えられない。ホクサイは壇ふみさんのお父さんと同じ「火宅の人」だったから、子猫にフミという名前をつけたのだが、壇ふみさんが知ったなら気分を悪くするだろうと今までだれにも語らなかった。

新居に移ってから、ホクサイに終生のライバルといえるシャーッ君という黒白のノラ猫が現われた。シャーッという名前はすぐ「シャーッ!」と唸り声を発して威嚇するので家内がつけた。どうしても外に出たがるホクサイに首輪とリードを付けて庭に出すようにしたが、新参者のホクサイはシャーッ君に目を付けられていつもバトルを繰り返す。リードが邪魔で身動きが不自由だから、ホクサイは気の毒なくらい負けていた。リードさえなければホクサイのほうが強かったはずだ。「シャーッ」という威嚇の声が聞こえると私は外に飛んで行ってシャーッ君を追いやる。迷惑このうえない。どちらかというと私はシャーッ君を憎んでいた。

ある真夜中にゴミ捨て場にゴミを出しに行くと、痩せ細った子猫がいた。そこはノラ猫たちが食べ物を漁《あさ》る縄張りだったのだが、そっと近寄っておいでおいでをすると、黒白の猫が現われて「シャーッ」と私を威嚇した。シャーッ君だった。どうやら子猫はシャーッ君の子分だったようだ。

二日ほどして、外からニャーンという声が聞こえてきた。台所の方へ行って窓の下を覗くと先日の子猫だ。その後ろにシャーッ君が見守るようにいた。その目は「この子を預かってくれ」と言っているようだった。私は家内と相談した。家にはすでにホクサイとフミがいるからこれ以上増やせない。子猫もシャーッ君の庇護下にあるから、なんとか生きていけるだろう。なによりシャーッ君の子分をホクサイが受け入れるとは考えられなかったのだ。

その夜、玄関の方でまた鳴き声が聞こえた。ドアを開けると玄関マットの上でその子が一匹で寝ていた。思わず抱き上げて中に入れると、「ダメよ」と家内の声。心を残しながら仮眠をとって深夜に小説執筆のために起き出すと、その子が玄関の中でのんびりと寝ていた。家内が可哀相に思って家の中に入れたのだろう。

子猫からゴミ溜めのむっとする臭いが漂ってきた。私はシャワーを何度も何度も浴びせて綺麗にしながら、「飼うしかないな」と安堵《あんど》の溜息を吐《つ》いた。問題はホクサイである。生まれたときからのノラ猫でないのは、シャワーを怖がらなかったことと、首輪をしようとするととても喜んだことですぐに分かった。おそらく転勤かなにかで捨てられたのだろう。自分で食べ物をとれないので、シャーッ君の庇護のもとでかろうじて生きてきたのだ。

洗い終えたノラ猫からは子猫特有の甘い香りがした。シャワーを浴びせている間もホクサイが胡散臭《うさんくさ》げに何度も様子を見に来ていたのでホクサイを呼ぶと、案の定すぐに現われた。ホクサイは子猫を舌で優しく嘗《な》め始めた。愛くるしい子猫の目を覗き込むと、白目が卵の黄身のような綺麗なクリーム色をしていた。私は子猫にタマゴという名をつけた。

翌日からシャーッ君はホクサイを苛《いじ》めに来なくなった。しかも二度とシャーッ君の姿を見ることもなくなった。おそらくシャーッ君は天敵であるホクサイにタマゴを託したことで安心して縄張りを変えたのだろう。

つまりあれはバーターだったのだ、ホクサイを苛めない代わりにタマゴの面倒を見よ、という。ホクサイにも変化が現われた。なぜかホクサイはひどくタマゴを可愛がり、食べ物を食べる順序とか寝る場所とかすべてホクサイが指導した。

カタカタカタ。真夜中の書斎でワープロのキーボードを叩く。実を言うと締め切りはとうに過ぎている。

「先生、最終リミットは明日の×時です。それまでになんとか……!」

担当編集者の悲鳴が蘇る。なにも怠けていて締め切りに間に合わないわけではない。担当編集者は盛岡から六〇〇キロ離れた東京のオフィスに一人、私の原稿がいつ来るかと待ち侘《わ》びている。闇の中に一本の白い線が延びていて、それで私と編集者が繋がれている。かつてそれはファクスの電話線であり、今はパソコンで送信する光ファイバーに変わったが、深夜の孤独な時間をお互いに分かち合うという連帯感がかろうじて私の孤独を救ってくれた。私の戦友はもう一人いる。ホクサイである。一九八七年に日本推理作家協会賞の授賞式を終えて盛岡に戻ってきたその足でペットショップに駆けつけて購入した猫である。ようやく作家として一本立ちできる自信がついた。原稿依頼も途切れなくやってくる。猫を飼ったりしたら外出できないとか猫に縛られるということもないのではないか、と帰りの新幹線の中で家内と話し合った。飼うならアビシニアンと決めていた。受賞作『北斎殺人事件』の賞金で買ったのでホクサイと名付けたのである。

机に向かう私の膝の上にはいつもホクサイがいた。伸び上がってカーソルの動きを追ってじゃれつく。執筆に力が入ると邪魔なので膝の上には置いておけないが、ホクサイは不承不承私の膝から降りてソファにごろんと寝転がる。

十三年と十カ月、そうやってホクサイは私を支えてくれた。おびただしい時間を書斎で共に過ごし、私の背丈の何倍にもなる原稿を書き続けた。そこにはいつもホクサイが居た。言葉に宿る不思議な霊力を言霊《ことだま》というが、私にはホクサイという猫だまが居た。キーボードを叩く音を子守歌に私の両腿を温かな揺籠にして眠る猫だま。

二〇〇一年一月、ホクサイが亡くなった。NHK大河ドラマの『時宗《ときむね》』執筆に追い詰められていたときで、業を煮やした担当編集者は盛岡市内にアパートを借りて常駐し、毎日原稿の催促にやって来ていた。しかし、私は一行も書けなくなった。書斎で仕事をしようとしてもホクサイが膝の上にいない喪失感がものすごく強くて吐き気がする。心臓がキリキリと痛み呼吸困難に陥る。完全なペットロス症候群だ。これではいけないと仕事部屋を一階に移しても症状はいっこうによくならなかった。

大河ドラマの原作をこれ以上遅らせるわけにはいかない。なんとしてでもと机に向かったとき、タマゴが私の膝の上にぴょんと乗ってきた。

「今日からホクサイ兄さんの代わりを僕が務めます」

もちろんタマゴは黙して語らない。が、動物との結びつきの方が、言葉が通じないだけに純粋に心と心が繋がる。言葉は嘘もつけるから、言葉がない方がストレートに心が通い合えるのだ。これも猫だまである。

私の膝の上に乗ったタマゴはホクサイがそうだったようにカーソルの動きを眺め、キーボードを叩く音を子守歌にしてゴロゴロと喉を鳴らす。

それからフミが逝《い》った。フミは家内の腕に抱かれながら目をつぶって静かに亡くなった。十九歳という大往生で安らかな死だった。

そしてタマゴ……。

私はタマゴのことを思うといまだに苦しくなり発作に襲われる。こうして回想しているだけで心臓がバクバクしてきていつ過呼吸に襲われるかと心配でならない。

ホクサイを失って十三年が過ぎた二〇一四年のお盆の頃だった。もう十九歳になるタマゴはお盆前からすっかり元気を失った。部屋の中をうろうろして極力暗いところに蹲《うずくま》るようになった。今思うとあれは死に場所を探していたのだ。猫の十九歳といえば人間の九十歳を超えている。病院に連れて行くと点滴を打って様子を見ましょうとなった。タマゴは嫌がるが点滴を打つと少し元気になったので、病院がお盆休みの間自宅でできる点滴セットを貰って帰った。身動きできないようにケージに入れて点滴をしようとするが、タマゴは嫌がってケージから逃げてしまう。あれでかなり体力を消耗したのかもしれない。

八月十四日の深夜二時頃、仕事を終えてベッドに入ると、タマゴがぴょんと私の布団の胸あたりに乗ってきた。顔と顔が向き合う形でじっと私の目を覗き込む。いつもはすぐにベッドの中に潜り込んでくるのに、そのときは十五分ほどもじっとそうしていた。それからふっと向きを変え、家内の部屋の方へ向かっていく。暑くて寝苦しい夜なので、涼しくて気持ちいいところを探しているんだなと気にもとめなかった。

「タマちゃん、タマちゃん」

翌朝、家内がタマゴを探し回る声で目が覚めた。

「どこに行ったのかしら?」

「いや、どこにも行っていないはずだがね」

と言いながら、はっとした。タマゴが昨夜じっと私の顔を見つめて、それから家内の部屋の方へ行ったことを思い出したのだ。ひょっとしてあれはお別れを言いに来たのではなかったか。まさかと思って家内のベッドの下を覗くとタマゴが横たわっていた。ベッドの下から引き出すと体は冷たく硬直状態で、口から泡を吹いていた。タマゴは私に最後の挨拶をして、家内にも挨拶をしてベッドの下を死に場所と決めたのだ。

ホクサイのときもそうだったが、まったく知らないうちに冷たくなって死んでいるというのが辛《つら》かった。温かいまま、腕に抱えて見届けてあげたかった。タマゴがいつもいた応接間のソファの上で毛布に包む。熱暑のお盆だし、明日には火葬に付さなければならない。よし、と私は決意した。今日が一緒にいられる最後だから、一晩中タマゴのそばにいてやろう、と。

私の体に異変が生じたのは夕刻になってからだ。いつもより早く起きて睡眠が足りないせいか、タマゴを失ったショックが大きいのか、頭がふらふらするので家内に仮眠をとると言ってベッドに入った。それから三十分もしないうちに頭の半分がジワジワと感覚がなくなり、左の手首から指の方が痺《しび》れて動かせなくなった。立ち上がると体がふらつく。

「当たったな」

脳出血か……。

「救急車を呼んでくれ。これはそうとう危ない」

言語中枢に麻痺はなく、家内にしっかりと話すことができた。

午後七時過ぎ、救急車がやって来た。近所の人たちが「どこだ、どこだ」と騒いでいる声が聞こえる。私が出て行くと救急隊員が即座に訊《き》いてきた。

「患者さんはどこですか！　中ですか」

「いやいや、俺だ俺だ」

と名乗りを上げると救急隊員はびっくりした。当の患者が平気で歩いてくるのは滅多にないことだろう。ともあれ救急車の中に運ばれどういう症状かを訊かれて、

「脳の痺れがとれなくて左手も全然動かない」

と告げると、すぐさま血圧の測定をした。

「高橋さん、これ二九〇ありますよ。ふつうは立っていられないんですが……」

救急隊員は慌てて一番近くの中央病院の救急病棟に向かった。

最優先で検査が進められたが脳出血はどこにも見当たらない。タマゴが死んだショックによって血圧が高めだったため、家内が服用している血圧降下剤をのんだことを医者に告げると、

「高橋さん、それですよ。他の人の薬をのんだことと、愛猫の死のショックによる心因性のものですね。二時間ほど点滴を打ったらたぶん帰れるようになりますよ」

午後十一時半頃には家に帰れたのだが、「今日は安静にするように」と睡眠薬をのまされたので一休みするつもりが翌朝八時まで熟睡してしまった。起きてすぐにタマゴのところに行くと、タマゴは昨夜と同じ姿勢でそこにいた。

私はボロボロと泣いた。昨日一日、ずっとタマゴのそばにいてやると約束したのに、俺に

はそんなこともできないのか、と自分が情けなくて涙を堪《こら》えることができなかったのだ。

ホクサイが亡くなったときにはフミとタマゴが居てくれた。しかしタマゴを失うと、三匹分の喪失感がひと塊《かたまり》となって押し寄せてきた。最後の夜に、ベッドに乗ってきてじっと私の顔を覗き込んでいたタマゴ。その情景が何度も何度も脳裡に浮かんで涙が止まらず、呼吸困難に陥る。真夜中になると過呼吸の症状が現われて息の継ぎ方すら分からなくなる。

夏が終わり十月十一月と寒い時期になっても、外のベンチに腰掛けて心を落ち着けなければ不安感に襲われてダメになってしまう。毎年十二月初旬に行なっている「盛岡文士劇」にも出られる状況ではなかった。文士劇の座長として主役を演じて来たが、今回ばかりは一場面だけに出る役に替えてもらった。そうやって二〇一四年をなんとかしのいだが、月日が経つにつれて症状はよくなるどころか、どんどん悪化していった。

翌一五年の五月に弘前大学で、九月に陸奥国府多賀城があった宮城県多賀城市で講演をして以来、講演会の依頼はいっさい断わっている。と言うのも、精神安定剤さえのんでいればなんとかなると思っていたものの、多賀城市での講演のとき、その二時間前から打ち合わせがあって精神安定剤をのむタイミングを逸した。本番のステージ脇で立って待っている間、倒れそうになるくらい鼓動が止まらなくなった。慌てて薬をのんだものの、講演が始まって十分くらいは膝がガクガクするし水を飲もうとペットボトルを持っても体中ブルブル震えている。

「私はこれまでいろんな講演をしてきたけれど、心臓がバクバクいって血圧も今は二〇〇くらいあると思いますよ。こんなにひどい状況になるとは思わなくて……」

と正直に言うと、皆冗談だと思ってゲラゲラ笑う。たぶん講演中一番受けたのがそれだったかもしれない。

このとき私は初めて認識した。私の抱えている症状は単なる精神不安定ではなくパニック障害だ、と。以来今に至るまで、シンポジウムとか対談形式以外の、単独の講演会は断ることにしている。

講演会以来、私は人と話すことが怖くなった。なぜこうなってしまったかを説明しなければならない。タマゴを失ったショックで、と話していると体の内部から突き上げてきてショックが倍増されるのだ。酒も飲めなくなった。外で酒を飲んで、タクシーで自宅に帰り着くまでの二十分間が怖い。

いつものように仮眠をとって真夜中に起きてキーボードをカタカタと叩く。しかし今は私の猫だまは居ない。

私の最後の猫だまであるタマゴよ。

いつの頃からだろうか、タマゴはノラ猫として私のもとにまた帰ってくるに違いないと思うようになった。

フミやタマゴが運命に導かれて我が家に来たように、猫がまた来るはずだ。

夢想ではない。確信である。

ある時期、私は毎晩のように夜の十一時から一時くらいまで何度も庭に出て猫が来るのを待っていた。

私はまだ見ぬその猫にライゾウという名をつけている。市川雷蔵の凛々《りり》しさもあるが、来る贈り物で来贈、である。

猫をペットショップで買うのは簡単だが、今から猫を飼えば私が死んだあとに残されるのが可哀相だ。しかし運命ならば、抗しようがないではないか。

（聞き手　加藤 淳）

著者が写っているp21、p27、p29の写真は撮影者が定かではありません。
お心当たりのある方はご連絡くださるようお願いします。

本書作成に当たって以下の書籍を底本とした。

「ピーコの秘密」　『幻少女』角川文庫二〇〇二年刊
「ミーコのたましい」　『聖夜幻想』幻冬舎文庫一九九七年刊
「猫屋敷」　『高橋克彦自選短編集2』講談社文庫二〇〇九年刊
「猫清」　『おこう紅絵暦』文春文庫二〇〇六年刊

高橋克彦（たかはし・かつひこ）
1947年岩手県生まれ。早稲田大学卒。83年『写楽殺人事件』で江戸川乱歩賞、86年『総門谷』で吉川英治文学新人賞、87年『北斎殺人事件』で日本推理作家協会賞、92年『緋い記憶』で直木賞、2000年『火怨』で吉川英治文学賞を受賞する。著書に『竜の柩』『炎立つ』『時宗』『完四郎広目手控』『ゴッホ殺人事件』『だましゑ歌麿』など多数。近刊に『水壁　アテルイを継ぐ男』がある。

吾輩は作家の猫である

2017年10月10日　初版発行

著者
高橋克彦

発行者
赤津孝夫

発行所
株式会社 エイアンドエフ
〒160-0022　東京都新宿区新宿6丁目27番地56号　新宿スクエア
出版部 電話 03-4578-8885

装幀
芦澤泰偉＋児崎雅淑

編集
加藤 淳

印刷・製本
図書印刷株式会社

ISBN978-4-9907065-9-3 C0095